우리 둘뿐이다

우리 둘뿐이다

따돌림 가해자와 피해자의 기막힌 동굴 탈출기

마이클 콜먼 지음

유영 옮김

놀

나보다 상대방을 생각하는 우정은
어떠한 어려움도 뚫고 나아간다.

        – 조지 에드워드 무어

1

우리 발밑에서 땅이 푹 꺼지던 그때로부터 고작 몇 초밖에 지나지 않았을 것이다. 그런데 그 순간이 꼭 영원한 것만 같았다. 슬로모션으로 흐르는 악몽처럼.

"조심해. 이 안은 미끄러워."

나는 그를 따라 동굴 속으로 들어갔다. 암벽의 좁은 틈새나 다름없는 입구를 통해서.

젖은 땅에서 마른 땅으로. 따뜻한 곳에서 서늘한 곳으로. 빛 가운데서 어둠 속으로.

그 일은 바로 그때 일어났다. 나는 땅의 신음을 들었다. 비명. 그애가 떨어지는 소리. 이어서 누군가가 내 발아래 땅을 잡아당기는 것 같았고, 나 역시 떨어지고 있었다.

나는 비명을 지르지 않았다.

우습게도, 그것만큼은 아주 또렷이 기억난다. 분명 나는 떨어질 때 비명을 지르지 않았다. 다만 저 아래 바닥까지 거리가 얼마나 될지, 그곳에 얼마나 빨리 떨어지게 될지, 그런 것들이 궁금했을 뿐이다.

그러고 나서 이런 생각을 했다.

그래, 그 애들이 옳아. 개들 말이 다 맞아.

난 확실히 괴짜야.

•

몇 군데 멍이 든 것 말고는 멀쩡하다. 토저도 마찬가지다.

나는 배운 대로 지금껏 호루라기를 계속 불어대고 있다. 당연히 토저는 그 지침을 잊어버렸다.

그 대신 손전등으로 번들거리는 암벽을 이리저리 비춰 보고 있다. 마치 이 불빛이 바위를—정확히 말하면 석회암 바위. 난 확실히 알고 있다—태워 구멍이라도 뚫어주길 바라는 것처럼.

다시 한번 토저가 손전등으로 바닥 쪽을 비추었다. 그런 다음 재빨리 방향을 돌려 저 위, 우리가 들어왔던 입구 쪽을 비춘다.

그러나 손전등 불빛은 어둠을 뚫을 만큼 강하지 못하다. 내가 파악해낸 건, 우리 머리 위 높다란 곳에서 가느다란 빛줄기가 바위틈을 비집고 들어오고 있다는 것, 그리고 지금은 끈적끈적한 진흙이 동굴 입구를 막고 있다는 것뿐이다.

내 머릿속에서 이런 말이 들린다.

빠져나갈 구멍이 없어.

나는 다시 한번 호루라기를 힘껏 분다. 그리고 이 높고 날카로운 소리가 우리를 둘러싼 석회암 속으로 흡수된 듯 완전히 사라질 때까지 귀를 기울인다.

아무것도 들리지 않는다. 그 어떤 외침도 없고 우리를 부르는 소리도 없다. 저 밖에서 누군가가 우리 소리를 들었다는 어떤 낌새도 없다. 아무것도….

마침내 토저가 손전등을 끈다. 크게 심호흡하는 소리가 들린다. 그리고 어두운 침묵 속에서 이렇게 말한다.

"다니엘, 지금 겁먹었지?"

겁먹었냐고? 토저, 그동안 네가 나한테 이 말을 얼마나 많이 했을까? 수십 번? 아니, 수백 번은 될걸.

하지만 이번엔 다르다.

우선 날 '괴짜'라고 부르지 않았다.

'대니'라고 줄여 부르지도 않았다. 그 대신 내 이름을 고스란히 불렀다. 도대체 내 이름을 이렇게 불러준 게 언제적이었지? 기억도 나지 않는다. 십 년 전이었나? 우리가 네다섯 살 때, 둘이 함께 초등학교에 입학했을 때?

그러나 우리는 지금 학교에 있는 게 아니다. 그 애는 학교 운동장의 으슥한 구석에서 나를 내려다보며 "겁먹었지, 이 괴짜야?" 하고 위협하고 있는 게 아니다.

그 억센 손으로 내게 헤드록을 걸고, 다른 손으로 내 팔을 등 뒤로 비틀어 올리고 있지도 않다. 그때마다 내가 할 수 있는 건 고통에 찬 비명을 참기 위해 애쓰는 것뿐이었는데…. 그 애의 위대한 두 친구 그렉과 플릭이 이 쇼를 즐기고 있고, 나더러 머리 숙여 인사하라고 강요하고 있지도 않다.

그렇다, 분명 전과는 다르다. 우리는 지금 여기, 땅 밑에 있다. 출구가 전혀 없는 동굴 속에.

토저가 다시 묻는다.

"아니야? 솔직히 무섭잖아, 그렇지?"

내 귀에는 그 소리가 마치 내가 아직 옆에 있는지 확인하고 싶어서 묻는 말처럼 들린다. 이 어둠 속에서는 내가 보이지 않을 것이다. 내 눈에도 그 애가 보이지 않는다. 말하자면 우리는 지금 둘

다 눈뜬장님인 셈이다.

감각이, 통제할 수 없는 괴짜 머리에 시동을 걸기 시작한다. 내 머리는 끊임없이 생각하고 이런저런 질문들을 불러일으킨다. 멈추라고 애원해도 들어먹질 않는다.

다니엘, 넌 오감(五感)을 가지고 있어. 만약 눈이 안 보인다고 해도 작동을 멈춘 건 그것 하나뿐이야. 나머지 넷은 멀쩡하잖아. 모두 잘 돌아가고 있단 말이야. 그것들이 지금 너에게 뭐라고 하고 있지? 냄새를 한번 맡아봐. 어떤 냄새가 나? 집중해봐.

축축한 냄새가 난다. 딱 꼬집어 말할 순 없지만 분명 그런 냄새가 난다.

어떤 소리가 들려?

역시 축축한 소리가 들린다. 작은 물방울들이 여기 어딘가에 있을 웅덩이 속으로 뚝뚝 떨어지는 소리. 그리고 그 소리의 울림. 마치 이 안에서 비가 내리는 것 같다.

촉감은 어때?

나는 손을 뻗어 축축한 석회암 벽을 만져본다. 미끈거리면서도 거칠다.

맛은? 맛을 봐, 다니엘. 무슨 맛이 느껴져?

오, 그래. 맛이 느껴진다. 내가 이것을 잘못 판단할 리 없다. 그동안 수없이 느껴봤던 맛이니까. 내 속 어디에선가 올라오는 맛, 마치 의식을 가진 손처럼 가슴을 옥죄며 솟구쳐 오르는 맛.

두려움의 맛이다.

지금 이곳에, 나와 함께 앉아 있는 이 아이가 가르쳐준 맛. 그리고 나는 지금 그 대답을 들려준다. 이전에는 한 번도 그 애에게 이런 답을 듣는 기쁨을 선사한 적이 없었다.

"그래, 맞아. 나 두려워."

나는 어둠 속에서, 바보스러운 웃음이 천천히 번지는 그의 얼굴을 그려본다. 느리고 바보스러운 웃음은, 그래 솔직해지자, 토저의 머리가 그렇게 생겨먹었기 때문이다. 빠르고 통제할 수 없는 내 두뇌 못지않게 그의 두뇌는 느리고 우둔하다.

나는 마음의 눈으로 그가 소리 없이 헤벌쭉 웃는 모습을 그려본다.

아니, 내가 틀렸다.

그가 소리를 내고 있다. 무슨 소리인지 알 수 없지만 웃음소리가 아닌 것만은 분명하다.

　갑자기 나는 깨닫는다. 울고 있다. 토저가 울고 있다. 가만히. 지금껏 한 번도 울어본 적 없는 사람처럼, 자신이 제대로 울고 있는지 확신하지 못하는 사람처럼.

　"…나도 그래."

　토저가 몸서리를 친다.

　그 애는 두려움이 겉으로 드러나는 걸 막아보려 애써보지만 결국 실패한다.

　"나 정말 무서워."

　그가 갈라진 음성으로 흐느낀다.

　"우리 이제 어떡하지?"

　지금 이 순간, 나는 도움을 청하려고 다시 호루라기를 불기 시작한다. 하지만 점점 자제력을 잃고 있다. 토저의 울음소리가 들린다. 바보 같은 농담이 잠깐 떠올랐다. 하지만 그것뿐이다.

　언제부터 다니엘 에드워즈는 토쉬 토저를 새로운 눈으로 보기 시작했을까? 둘이 함께 땅 밑 캄캄한 어둠 속에 갇혔을 때부터….

2

우리는 단 한 번도 친구였던 적이 없다. 그렇게 되길 바란 적도 없다. 우리는 물과 기름처럼 항상 다른 부류였다.

하필이면 왜 물과 기름일까? 물과 술도 있고, 기름과 구름도 있고, 강아지와 고양이도 있는데….

그럼에도 불구하고 토저는 몇 년 동안 내 인생에서 나타났다 사라지기를 반복했다. 자주는 아니었지만 드물지도 않았다. 마치 다 잊었다고 생각할 때쯤 다시 나타나는 악몽처럼.

내가 그 애를 처음 알게 된 건 초등학교 때였다. 뭐랄까, 누구든 그 애의 존재를 의식하지 않기란 어려웠을 것이다. 입학하던 날부터 토저는 다른 모든 아이들보다 훨씬 컸다. 게다가 자신이 알든 모르든 그 덩치를 이용했다. 종류를 막론하고 게임이 시작하기만 하면 어김없이 나타나 불도저처럼 밀고 들어가곤 했다.

나는 어땠냐고? 나는 그게 무엇이든 관심 없었다.

만약 내게 선택의 기회가 있었다면, 나는 교실에 남아 다양한 모양과 무늬를 그리거나 환상적인 색으로 연습장을 꾸미면서 시간을 보냈을 것이다. 아니면 각종 목록을 만들든지. 등교할 때 봤던 건물들이나 동물들, 식물들, 혹은 자동차들의 목록을 제조국, 색깔, 스타일 별로 분류해볼 것이다.

막대그래프를 이용해 그것들을 그리고 색칠한 다음 일정한 규칙과 패턴을 찾고, 여기에 부족하거나 빠진 게 있다면 왜 그런지 궁금해할 것이다. 이런 말이 들릴 때까지….

"다니엘 에드워즈! 대체 몇 번을 말해야 알아들어? 당장 밖으로 나가! 나가서 찬 공기를 쐬란 말이야!"

이것은 통과 의례처럼 늘 겪는 일이었다.

그러던 어느 날, 사람들이 흔히 하는 말처럼, 처음으로 토저가 내 눈에 들어왔다.

우리는 얼마 전부터 멸종 위기에 처한 종들을 배우고 있었다. '나가서 찬 공기를 쐬란 말이야'라는 명령이 떨어졌을 때, 나는 그 것에 대한 또 하나의 멋진 목록을 만드느라 정신이 없었다.

바깥에선 야구 경기 준비가 한창이었다. 교복 윗도리를 벗어 베

이스를 만들고 낡은 테니스 라켓과 공을 이용해서. 토저는 평소와 마찬가지로 사건의 중심에 있었다. 그는 자기 팀 선수가 한 명 부족하다고 항의하며 양 팀의 선수가 같아지기 전에는 경기를 시작할 수 없다고 버티고 있었다. 어디 한번, 할 테면 해보라는 식으로.

내가 알아채기도 전에 그 애가 먼저 날 찾아냈다. 그 전까지는 날 눈여겨본 적은 없었을 것이다. 우리는 줄곧 다른 반, 다른 무리, 다른 세계에 속해 있었으니까. 아무튼 나는 그 경기 속으로 끌려 들어갔고, 그로 인해 모든 게 끝장나버렸다.

그때의 기억이 마치 어제 일처럼 선명하다. 경기가 시작된다. 우리 팀이 먼저 수비를 본다. 토저가 내게 2루에 서라고 시킨다.

그리고 그 애는 포수를 보려고 뒤로 간다. 하지만 기분 좋은 표정은 아니다. 그보다 더 영리하고 약삭빠른 아이 둘이 멀찍이 떨어진 데서 그 애를 겨냥해 몇 마디 던지고, 주위에서 키득거리는 웃음소리가 피어 난다. 그때 타자의 방망이에 맞은 볼이 하필이면 운동장 끝 가장자리에 있는 덤불숲으로 들어가버린다.

어리석게도 토저는 그걸 쫓아 들어간다. 덤불숲이 흔들리자 순간적으로 내 머릿속에 수업 시간에 배운 멸종 위기 동물이 떠오른다.

"야생 코뿔소다!"

내가 누군가를 웃게 만든 건 그때가 처음이었다. 내 주변에 선 아이들이 고릴라처럼 발을 쿵쿵 구르고 코끼리 울음소리를 흉내

내기 시작했다. 토저는 그 모든 걸 들은 게 분명했다. 덤불숲에서 나오자마자 내 쪽을 휙 노려본다.

"잡아, 대니!"

그러고는 나를 향해 높고도 느리게 공을 던졌다. 난 그게 방금 덤불 쪽으로 떨어졌던 테니스 공일 거라 생각했지만 아니었다. 토저가 숲에서 찾아낸 건 낡은 크리켓 공이었다. 곰팡이 피고 오물로 뒤덮여 있는, 하지만 여전히 매우 단단한 크리켓 공.

그 공이 내 입을 탁 치고 땅으로 떨어진다.

나는 씩씩거리며 악에 받친 소리를 질러대기 시작했다. 그 애를 곤경에 빠트리려고 한 건 아니었다. 하지만 결과적으로는 그렇게 됐다. 토저는 집에 도착하자마자 짧은 쪽지를 받았다. 그게 그 애의 아버지가 건넨 체벌 예고장이라는 건, 나는 나중에야 알았다.

나는? 앞니 하나가 깨졌다. 어머니가 소리를 지르더니 당장 치과에 가 이를 새것처럼 때워야 한다고 말했다. 아버지는 유치라서 어차피 곧 빠질 텐데 너무 호들갑 떨지 말라고 어머니를 말렸다.

"그러니까 더 남자답게 보이는구나, 대니."

아버지가 내게 말했다.

나는 즉시 혀로 이를 더듬어봤다. 이가 떨어져나간 부분은 삼각형 모양이었다. 한 면이 다른 면보다 약간 더 길게 느껴졌다.

하지만 그게 나를 남자답게 보이게 만드는 것 같지는 않았다. 실제로 강해진 것 같지도 않았다. 거의 1년 동안 그 텅 빈 삼각형이 내게 끼친 영향력은, 거울을 들여다볼 때마다 토쉬 토저를 떠올리게 한 것뿐이었다. 그 이가 흔들리다 마침내 빠져버리자 나는 그것을 땅바닥에 던져놓고 쾅쾅 짓밟았다. 완전히 부서져 형체를 알아볼 수 없을 때까지.

•

토저와 나는 같은 날 페른햄 중학교에 입학했다. 몇 달 전, 어머니는 내가 잠들었다고 생각했는지 나를 사립학교인 그로브 메너 중학교에 보내고 싶다는 의견을 아버지에게 넌지시 내비쳤다.

아버지가 그 말에 동의하지 않았다는 건, 침실 마룻장을 뚫고 들려오는 소리로 짐작할 수 있었다.

"그로브 메너라니! 마가렛, 지금 그곳 학비가 얼마나 되는지 알고 하는 소리요?"

"비쌀 거라는 건 나도 알아요. 하지만 어쩌겠어요, 그만한 희생은 감수해야지. 그래도 그곳은 우리 아들의 능력을 최대한 이끌어 내줄 거예요."

콧방귀 소리.

"흥, 기껏해야 내 지갑이나 열려고 기를 쓰겠지!"

"하지만 게리, 대니는 정말 똑똑해요."

어머니가 항변한다. 하지만 목소리가 점점 작아진다.

"내가 보기엔 똑똑한 것 같다고요."

"똑똑하다고?"

나는 침실 문 너머로 아래층 거실을 내려다본다. 아버지가 신문을 소파에 거칠게 내던지더니 단호한 눈빛으로 어머니를 노려본다.

"지금 그 앤 친구가 하나도 없소. 다른 애들과 어울리질 않는단 말이오. 그런 애를 그로브 메너처럼 잘난 척하고 기고만장한 학교에 보내잔 말이오? 그건 대니에게 전혀 도움이 안 돼."

"대니는 잘 어울리고 있어요."

어머니가 반박한다. 하지만 전세는 이미 기울었다. 어머니도 그걸 알고 있는 듯하다.

"수영 클럽에도 나가잖아요, 안 그래요?"

"그게 뭐 어떻다는 거요? 수영장에서 사람들과 말 한마디 섞지도 못하고, 시간 돼서 밖으로 나올 때까지 자기 레인만 오락가락하는데."

"그거야 워낙 조용한 성격이니까."

"너무 조용하지!"

아버지가 신문을 다시 집어 든다.

"마가렛, 대니는 사회부적응자야. 이게 바로 그 애의 진짜 모습이란 말이오."

두 사람은 잠시 침묵한다. 이윽고 어머니가 먼저 말문을 연다.

아버지가 기다리던 말이다.

"그럼 당신은 페른햄이 최선이라고 생각하는 거예요?"

아버지는 보고 있는 신문을 내리지도 않는다. 마치 스포츠 면에 내 미래에 대한 최종 결정이 나와 있기라도 한 것처럼.

"그래요, 마가렛. 그러니 그 애가 보통 아이들과 섞이도록 그냥 내버려둬요. 지금 그 애한테 필요한 건 그거요."

이렇게 해서 나는 집에서 1.6킬로미터쯤 떨어져 있는 학비가 무료인 페른햄 중학교로 가게 되었다. 토저 같은 보통 아이들과 섞이기 위해.

그러니까 '섞인다'는 것은 숫자 적힌 공들이 복권 추첨기 속에서 마구 뒤섞이는 것과 같다. 여기서 당신은 공이다. 그밖에 다른 사람들도 마찬가지다. 당신은 복권 추첨기 안으로 던져지고 기계가 돌기 시작하면 정신없이 튀며 돌아간다. 위아래로, 좌우로, 빙글빙글. 그런 다음 밖으로 나오게 된다. 누군가와 함께. 바로 이게 로또다.

그래서 토저와 나는 페른햄 추첨기 속으로 들어갔고 기계가 제대로 실력 발휘를 했다.

토저는 그렉 인들, 플릭 해리스와 함께 나왔다. 그렉 인들은 무엇 하나 못하는 게 없는데, 자기 스스로도 그 사실을 잘 알고 있다. 플릭 해리스는 요즘 유행하는 스타일을 훤히 꿰고 있고 오직 누가 뭘 입고, 뭘 하고 있는지에만 관심이 있다. 그 애는 우리 학년 중에서 머리를 가만히 놔두지 않고 항상 빗어대는 몇몇 아이들 중 하나였다.

첫해 동안 나는 토저를 거의 보지 못했다. 어쩌다 볼 때면 안됐다는 생각이 들곤 했다. 초대형 푸들처럼 늘 그렉과 플릭 뒤를 졸졸 따라다니고 있었으니까. 그런데도 항상 그들에게 따돌림당하고 무시당하는 것처럼 보였다. 그들이 토저에게 조금이라도 관심을 보일 때는, 토저가 멍청하게 굴어서 그들을 웃게 만들 때뿐이었다.

그렇다면 페른햄 추첨기는 나 다니엘 에드워즈에게는 무슨 짓을 했을까?

'별로 한 게 없다', 이게 바로 그 답이다. 나는 등교할 때도 하교할 때도 늘 혼자였다. 토저가 다시 나를 주목하게 된 건 바로 그것 때문이었을 것이다.

•

내가 '괴짜'라는 꼬리표를 달게 된 시점도 바로 그때였다.

무슨 까닭인지 모르겠지만, 페른햄에는 도서관이 본관 맨 위층, 다시 말해 A블록이라 불리는 건물 꼭대기 층에 있다. 학교에서 가장 푹신한 의자에 앉아 느긋하게 게으름을 피우려는 아이들을 단념시키기 위한 학교의 전략이었을까. 만약 그렇다면 그 전략은 적

중했다. 나는 곧 이 도서관이 몹시 한산하며 종종 텅 비어 있다는 사실을 알게 되었다.

나로선 더없이 완벽한 장소였다. 숙제를 하거나 책을 읽을 수도 있고, 내가 원하는 건 뭐든 할 수 있었다. 그날이 오기 전까지는.

그날, 그곳은 비어 있지 않았다.

토저가 앉아 있었다. 책상에 발을 떡하니 올려놓은 채로. 그 옆엔 그렉과 플릭이 있었고 그들 앞에는 책이 여러 권 놓여 있었다.

나는 평소처럼 늘 앉던 자리에 앉았다. 토저가 몸을 기울여 옆에 있는 두 사람에게 뭔가를 속삭이는 게 보였다. 그러자 그들이 주위를 살폈다.

그다음 내가 알아챈 건 그렉 인들이 내 등 뒤에 서 있었다는 것뿐이다.

"토쉬 말이, 네가 수학 숙제를 다 했을 것 같다고 하던데."

그가 말했다. 처음으로 나한테 말을 건 것이다.

"그래?"

"응."

그렉이 토저를 넘겨본다.

"그렇지, 토쉬? 여기 대니 보이가 수학 문제를 다 풀었을 것 같지, 그렇지?"

토저가 꼭두각시처럼 고개를 끄덕인다.

"쟤는 너를 수학 천재라고 생각하고 있어, 그렇지 토쉬?"

"걘 그런 걸 좋아하거든."

토저가 쭉 뻗고 있던 발을 바닥으로 툭 떨어트리더니 쿵쿵거리며 내 쪽으로 걸어온다.

"그런 걸 진심으로 좋아한다는 거야말로, 진짜 괴짜지."

"괴짜? 그런가?"

그렉이 나를 이리저리 살피더니 이를 감춘 채 미소를 지었다.

"괴짜처럼 보이진 않는데, 토쉬? 아주 말짱해 보이는걸?"

"그럼 얘가 능력자란 말이야?"

플릭이 소리치면서 빗으로 머리를 빗는다.

"얘가 컴퓨터 두뇌를 가졌다고? 그래, 토쉬?"

"응, 아마도."

"정말이야, 대니 보이?"

그렉이 나에게 묻는다. 미소가 더 커진다. 하지만 여전히 이는 안 보인다.

내가 무슨 말을 할 수 있었을까? 그래? 아니야? 나조차도 답을 알 수 없었다. 지금도 마찬가지지만. 내가 아는 건 지금까지 나는 늘 그래왔다는 것, 그것뿐이었다.

숫자는 언제나 나를 사로잡았다. 숫자는 특별한 매력을 지니고 있었다. 오묘한 형성 방식, 반복되는 패턴, 도공이 흙덩이를 빚듯이 숫자들을 섞고, 이용하고, 일정한 공식을 만들어내는 것까지 모두 다.

내 머릿속엔 언제나 수많은 질문들이 윙윙거리며 드나들었다.

두 점 사이를 잇는 가장 짧은 거리는 항상 직선일까?

당연히 그래 보인다. 이를 증명하려면 땅바닥에 선들을 그려놓고 그 거리만큼 걸음 수를 세어보면 된다. 하지만 이 원리가 모든 선에 다 적용된다는 건 어떻게 알 수 있을까?

모든 삼각형의 내각의 합은 정말 180도일까?

왜, 왜, 왜 그럴까? 이걸 증명할 수 있을까?

돌이 떨어질 때 그 거리를 알고 있다면 속도를 계산할 수 있을까?

어떻게?

방정식으로 모든 걸 다 설명할 수 있을까?
다리의 굴곡은? 로켓의 추진력은? 제비의 비행 속도는?

그렉은 책상 모서리에 한쪽 다리를 걸치고 있다. 하지만 말하는 태도는 아주 예의 바르고 친절하다.

"그럼, 내 것 좀 봐줄래? 여기 14번에서 딱 막혀버렸거든."

"여기 16번도."

플릭이 끼어든다.

"그건 네가 알아서 해."

그렉이 대꾸한다.

"오, 제발!"

플릭이 무릎을 꿇고 기도하는 사제처럼 두 손을 모아 쥔다.

"오, 제발 부탁이야, 대니 보이. 이 다각형 문제 하나만, 응?"

"앵무새가 그건 알아서 뭐 하게?"

자동적으로 그렉이 받아친다. 일상적인 농담이다.

토저가 웃는다. 마치 그의 의무 중 하나인 것처럼. 역시 일상적인 웃음이다.

그렉이 어조를 바꾼다. 이젠 사탕발림처럼 달콤하기까지 하다.

"자, 다니엘. 이건 절대 해로운 게 아냐. 그냥 보기만 하면 돼. 아무 일도 없을 거야. 약속할게."

당신이라면 어떻게 하겠는가? 그들에게 당신 노트를 베끼라고 줄 것인가? 아, 하지만 당신은 내가 아니다. 그 누구도 내가 아니다.

"자, 봐."

내가 말한다.

"이건 아주 쉬운 문제야. 어떻게 푸는지 내가 설명해줄게."

"그냥 보여줘. 우리한텐 그게 가장 쉽거든. 그렇지, 토쉬?"

이건 분명 신호다. 내가 미처 방어 태세를 갖추기도 전에 토저가 몸을 숙이더니 내 가방을 확 낚아챈다. 그리고 럭비공처럼 옆으로 휙 던져 그렉에게 넘긴다.

"내 가방 돌려줘! 돌려달란 말이야!"

정말 딱하고 한심하다. 거칠게 씩씩거려봐야 호흡만 낭비할 뿐인데. 그렉은 이미 가방을 움켜진 채 안을 마구 뒤지고 있다.

바로 이때, 문득 한 가지 생각이 떠오른다. 이 생각이 내 머릿속을 두드려대기 시작한다, 점점 더 빠르게.

녀석이 지금 내 가방 안을 엉망으로 만들고 있어!

아마 그들 중 누구도 내가 덤벼들 거라곤 생각 못 했을 것이다. 그렇지 않았다면 그렇게 쉽게 토저를 뚫고 지나갈 수 없었을 테니까. 그렉이 알아채기도 전에 난 벌써 그에게 달려들어 곱슬머리를 꽉 움켜쥐고 머리통을 뒤로 젖히고 있었다. 그는 고통의 비명을 내지르며 내 가방을 바닥으로 툭 떨어뜨렸다.

됐어. 더 이상 가방 속을 헤집지 못할 거야.

이것으로 충분하다. 내가 물러서자 그렉이 돌아본다.

"알았어, 대니 보이."

내가 가방을 움켜쥐자 그가 말한다. 구겨져 있던 표정이 입꼬리만 올린 미소 뒤로 서서히 사라진다.

"알았다고, 이 괴짜야."

그렉의 뒤에서, 나와 마주 보는 자리에 앉아 있던 플릭이 미소를 짓는다. 내가 미처 보지 못한 걸 본 것이다. 그렉이 등 뒤로 감추고 있는 뭔가를.

내가 돌아선다.

이때, 그렉의 목소리가 들린다.

"자, 그럼 여기에 뭐가 있는지 한번 볼까?"

난 즉시 그가 무엇을 갖고 있는지, 내 가방에서 뭘 꺼냈는지 알아차린다. 그에게, 아니 누구에게도 보여주고 싶지 않은 것!

하지만 이번엔 냅다 달려들지 않는다. 그가 꺼내 간 스프링 노트는 내게 아주 소중한 것이다. 너무너무 소중한 것이다. 그건 내 떨리는 목소리를 통해서도 잘 알 수 있다.

"그래 실컷 봐. 하지만 별로 재미없을걸. 그건 나만의 것이거든. 뭐랄까 일종의 취미 활동인 셈이지. 그러니까 그냥 이리 줘."

그렉은 페이지를 획획 넘긴다. 그러다 잠시 멈추고, 별것 아니라는 듯 콧방귀를 뀌고, 거꾸로 뒤집어본다. 토저는 비굴하게 웃으며 노트를 넘겨받아 플릭에게 보여준다. 플릭은 눈이 휘둥그레진 채 페이지에 코를 박고 들여다본다.

"아————주 감동적이야."

"그래, 아————주."

그렉이 천천히 고개를 끄덕이며 맞장구친다.

잠시 동안 그의 말이 진심이란 생각이 든다. 나는 다소 긴장을 푼다. 내 마음의 절반은 여전히 두려움에 싸여 있지만, 나머지 절반은 누군가가 내가 쓴 걸 보고 관심을 표했다는 사실에 기뻐하고 있다.

"정말로?"

"정말로."

그렉이 말한다.

"그건 단지 계산일 뿐인데. 그냥 재미 삼아 끼적거려본 거라고."

"나도 알아, 다니엘."

그는 관심을 보였어. 정말로 관심이 있는 거야.

"자, 봐. 이건 말이야, 우리 학교 건물들의 높이가 얼마인지 내가 계산해놓은 거야. 한 페이지에 한 건물씩."

"설마, 말도 안 돼."

그렉이 노트를 내 쪽으로 돌려 A블록이라고 적힌 페이지를 가리킨다. 네모 칸 안에 내가 계산했던 수식들과 그 결과가 적혀 있다. 높이 40미터. 그 칸 밑에는 또 다른 숫자들이 미로처럼 나열되어 있다.

그가 이 숫자들을 가리키며 묻는다.

"그럼, 이것들은 뭐야?"

나는 여전히 그의 마음을 간파하지 못한 채, 그가 정말 내 말에 관심을 보인다고 생각하며 마냥 장황하게 떠들어댄다.

"지난주 과학 시간에 중력에 관해 배웠던 것 기억나지? 물체가 땅으로 떨어질 때 어떻게 가속도가 붙는지 배웠잖아. 그래서 나는 먼저 어떤 물체를 학교 건물 중 한 곳의 꼭대기에서 떨어트릴 때 그 속도가 얼마인지 구하는 공식부터 만들어냈어. 그건 간단해. 높이에다 중력상수를 곱하기만 하면 되거든. 알다시피, 이건 레드로우 선생님이 말씀해주신 거야. 다시 여기에 2를 곱하고 루트를 씌우면…."

"그래? 그럼 이 건물 꼭대기에서 뭔가를 저 아래로 떨어트리면…."

그가 페이지 끝에 있는 결과를 본다.

"시속 60마일 속도로 떨어진단 말이지?"

"응. 정말 굉장하지 않아?"

"물론이지, 대니 보이."

그가 펼쳐진 노트를 토저에게 넘긴다.

"네 생각은 어때, 토쉬? 이 건물에서 뭔가를 떨어트리면 60마일로 바닥을 칠 것 같아?"

느리고 바보스러운 웃음이 토저의 얼굴 위로 서서히 번진다. 그러나 아무리 느려도 나보다는 빨리 그렉의 말뜻을 알아차린다.

"대장, 그걸 알아볼 수 있는 방법은 한 가지뿐이야."

토저의 말을 듣고서야 비로소 난 무슨 일이 벌어질지 직감한다. 토저가 창문을 향해 돌아선다.

"아, 안 돼! 그러지 마, 제발…."

도서실 창문은 활짝 열 수 없게 되어 있다. 한껏 열어도 그 틈으로 보통 덩치의 아이가 빠져나가긴 어렵다. 하지만 스프링 노트라면? 가능하다, 스프링 노트가 빠져나가기엔 충분한 공간이다.

"제발!"

그래봐야 소용없다. 내가 토저를 향해 절반도 달려가기 전에 그는 이미 스프링을 풀고 노트를 거꾸로 돌려 창문 밖으로 밀어낸다.

무력하게, 나는 페이지들이 펄럭이며 밖으로 나가 비틀리고 빙글빙글 돌아 아래로 떨어지는 걸 지켜본다. 어떤 것들은 이쪽으로, 어떤 것들은 저쪽으로. 저 아래 땅에서 어리둥절한 얼굴들이 대체 무슨 영문인가 싶어 위를 쳐다본다. 그러다 종잇장들이 나선을 그리며 자신들을 향해 내려오는 걸 보고서 웃는다.

"아니, 이게 뭐야? 잎사귀들이 흩날리고 있잖아. 틀림없는 가을이로군."

플릭이 우스갯소리를 하며 낄낄거린다. 토저도 웃는다. 대체 뭘 보고 웃는지 모르겠지만. 그렉은 미소만 짓고 있다.

나는? 난 소리조차 낼 수 없다. 아니, 소리 내지 않을 것이다. 지금 이 순간부터, 두 번 다시 이들에게 작은 것이라도 바라지 않으리라 다짐할 뿐이다.

마지막 장이 펄럭이며 사라지자 토저가 스프링을 다시 창문 안쪽으로 끌어당긴다. 그리고 주인의 명을 잘 수행한 자신을 몹시 만족스러워하며 내게 돌려준다.

그렉이 고개를 절레절레 흔든다.

"대니 보이, 저 종잇장들은 분명 시속 60마일 속도로 추락하지 않았어. 네 계산이 틀린 거야. 내 생각엔⋯."

그토록 소중한 내 계산지들을 모두 줍는 데에 한 시간은 족히 걸렸다.

대부분은 도서실 아래 풀밭에 떨어져 있었다. 그러나 몇 장은 운동장에 떨어져 발에 밟히고 바퀴에 짓눌린 채로 널브러져 있었고 두어 장은 멀리 나무 벤치 아래에 떨어져 있었다.

그리고 마지막 한 장은 테니스장까지 날아가 박쥐마냥 코트 철망에 걸려 있었다.

이걸 찾아다니는 동안 난 무슨 생각을 했을까? 울부짖고 날뛰며 욕설을 퍼부어댔을까? 토쉬 토저와 그렉 인들과 플릭 해리스를 향해? 아니면 심약한 어머니와 완고한 아버지, 혹은 다른 누구든 생각나는 사람을 향해?

아니다.

그때 나는 그렉의 말이 맞는지, 정말 내 계산이 틀렸는지 궁금해하고 있었다.

아냐, 넌 틀리지 않았어. 바람 때문에 종이들이 펄럭거리고 빙글빙글 도느라 속도가 줄어든 거야. 하지만 벽돌이라면 달랐겠지. 벽돌은 분명 60마일 속도로 떨어졌을 거야.

그리고 지금, 나는 또 궁금해하고 있다. 바람의 영향을 고려한다면 어떻게 식을 바꿔야 하는지, 흩어진 계산지들이 어디로 떨어질지 예측할 수 있는 공식을 만들어낼 수 있는지.

사실 난 지금 더없이 기쁘고 만족스럽다.

이쯤 되면 정말 괴짜가 맞겠지.

3

"사람들이… 우릴 찾으러 올 거야, 그렇지? 응?"

나는 고개를 끄덕인다. 하지만 곧 어둠 때문에 토저가 나를 볼
수 없다는 걸 기억해낸다.

"응, 틀림없이."

"그러니까 수색대를 보내겠지? 우리가 돌아오지 않으면?"

"물론이지. 우린 그냥 여기서 기다려야 해. 이게 최선이야."

"내가 견딜 수 있을지 모르겠어. 여기 이렇게 앉아서 기다리기
만 하는 건…."

토저가 고함치듯 부르르 떨며 한숨을 토한다.

"그래야 돼. 이건 우리가 지켜야 할 행동 지침이야."

"빌어먹을 지침."

토저가 투덜거린다.

그가 일어서는 소리가 들린다. 바닥의 흙과 돌멩이 위를 내딛는 무거운 발소리가 들린다. 그가 손전등을 다시 켠다. 둥글게 펼쳐진 빛 속에서 진흙 묻은 그의 방수복이 보인다. 한쪽 팔꿈치가 찢겨 있고 그 틈으로 체육복 상의가 드러나 있다.

그가 손전등을 위로 비추자 그의 얼굴이 보인다. 역시 진흙투성이다. 손등으로 눈물을 닦아낸 탓에 눈 주위에 얼룩이 번져 있다.

"어쨌든, 지금 움직여선 안 돼. 알겠지?"

전과 다름없이 논리적으로 내가 말한다.

그는 아무 대꾸도 하지 않고 잠시 그 자리에 선 채 씩씩거리며 손전등으로 우리의 석회암 지하 감옥을 이리저리 비춰본다. 우리를 둘러싸고 있는 벽들은 거의 수직으로 서 있다. 마치 우리가 바위로 된 높고 가파른 원기둥 바닥에 떨어져 있는 것만 같다.

원기둥이라…
부피는 반지름 × 반지름 × 원주율(π) × 원기둥의 높이.

저 위 우리의 시선이 닿지 않는 곳, 우리가 들어온 입구에서 여전히 희미한 빛줄기가 새어들고 있다.

얼마나 높을까? 6미터? 넓이는? 4제곱미터? 그렇다면 부피는 약

75세제곱미터쯤 되겠군. 됐어, 이런 게 다 무슨 소용이야? 이놈의 머리, 그냥 좀 가만있어!

"우리 둘 중 하나는 움직여도 돼."

토저가 말한다.

"만약 출구가 있다면 밖으로 나가 도움을 청해야지."

"행동 지침 못 들었어? 단독 행동은 절대 안 된다고 했잖아."

"그 따위 지침이 무슨 상관이야! 우리를 이곳으로 끌어들인 게 바로 그 지침이야. 안 그래?"

토저가 소리를 지르며 손전등을 아래로 홱 돌린다. 빛줄기가 바닥으로 떨어진다. 그는 손전등을 움켜쥔 채 감정을 자제하려고 애쓰고 있다.

내가 최대한 침착하게 말한다.

"우린 여기 가만히 있어야 해. 우리가 실종된 걸 알면 다들 찾으러 올 거야."

토저가 방수복을 부스럭거리며 다시 자리에 앉는다. 그리고 손전등을 끈다.

"뭐 먹을 것 좀 있어?"

마치 학교 식당에서 만난 것마냥 그가 불쑥 말을 꺼낸다.

배낭 왼쪽 주머니에 손을 집어넣자 예상대로 길쭉한 초콜릿이 손에 잡힌다. 나는 그걸 부러트려 반으로 나눈다.

"초콜릿이야."

그러고선 잠시 뜸을 들인 후 한마디 덧붙인다.

"다크 초콜릿."

아무 반응이 없다. 농담이 전혀 먹혀들지 않는다. 나는 왜 플릭처럼 재미있게 말할 수 없을까?

나는 토저 쪽으로 손을 쭉 뻗는다. 흙으로 범벅돼 미끄러운 그 방수복이 내 손에 닿을 때까지. 토저 손이 내 손을 발견하고 더듬거려 초콜릿을 받아 간다.

"고마워."

토저가 중얼거린다. 그의 입안은 벌써 초콜릿으로 가득 찼다.

우적우적 잘도 씹는다. 끊임없이 똑똑 떨어지는 물소리 말고는 부스럭거리는 은박지 소리만 들릴 뿐이다.

잠시 후 그가 불쑥 묻는다.

"넌 왜 신청한 거야?"

"신청하다니, 뭘?"

"이 현장 학습. 여기에 왜 온 거냐고. 전혀 몰랐어, 네가 이런 데 관심 있을 줄은. 아무도 예상 못 했을 거야."

"난 이런 데 관심 없어. 그게 바로 내가 여기 온 이유야."

어렴풋이 그의 얼굴에 의심의 그림자가 스쳐 지나간다.

"또 올 거야?"

"운동, 협동 과제, 야외 활동, 이건 내 취향이 아냐. 난 분명 싫어

했을 거야. 만약…."

나는 계속 주절거리고 싶은 마음을 다잡는다.

토저, 네가 없었더라도, 너와 그 나머지 애들이 없었더라도.

이건 말할 필요 없다. 이미 아는 사실이니까. 나는 그냥 처음에
하려던 말을 계속한다.

"아무튼 그래. 난 이런 활동들이 대부분 싫어. 내가 이렇다는 건
나도 알고 있었지. 그 사람도 알고 있었고."

"그 사람?"

"우리 아버지. 내가 여기 온 건 아버지 때문이야. 이번 여행이 나
한테 아주 유익할 거라고 하셨거든."

•

나는 당연히 따지고 반박했다. 책에 나와 있는 온갖 논리적인
설득 방법과 억지까지 동원해보았으나 아무 소용이 없었다.

아버지는 나를 다루기 어려운 스타일이라고 생각한다. 그건 나
도 잘 알고 있었다.

나와 다르게 아버지는 사교적인 사람이다. 붙임성 좋고 유머 감
각이 넘쳐 언제 어디서나 모임의 분위기를 주도하는 중심인물, 그

런 사람이 바로 우리 아버지다. 문제는 이거다. 바로 그런 사람이 우리 아버지이기 때문에 날 이해하기가 그토록 힘든 것이다. 아버지는 혼자서도 즐겁게 놀 수 있는 사람이 있다는 것을, 실제로 그걸 더 좋아하는 사람이 있을 수 있다는 걸 이해하지 못한다. 그로선 도저히 이해 불가능한 영역인 것이다.

하지만 난 정말 그렇다. 주변을 빙 둘러싸고 있는 사람들 따윈 필요 없다. 내겐 침묵이 최고의 친구다. 사람은 고요할 때 자신의 생각을 들을 수 있는 법이다.

아무튼, 가을 학기 중 나는 그 통신문을 집으로 가져갔다. 거기에는 마치 광고쟁이의 머릿속에서 나온 듯한 문구들이 적혀 있었다.

〈더불어 사는 세상, 함께 일하기〉
부활절 방학 동안 댁의 자녀를 위한 교육 프로그램
맨딥 힐즈의 토끼굴 골짜기 센터가 제공하는 쾌적한 환경에서
단체의 귀중한 일원으로 거듭나는 법을 배울 수 있는
절호의 기회!

계속해서 이 통신문은 5일 동안 일대 야산과 전원을 맘껏 누비며 통나무집에서 숙식하는 즐거운 체험에 관해 상세히 소개하고 있었다.

솔직히 난 가고 싶은 마음이 전혀 없었다. 하지만 이 통신문을

숨길 방법도 전혀 없었다. 페른햄은 항상 가정통신문 밑에 학부모 확인란을 남겨둔다. 자신이 가르치는 학생들을 믿지 못하기 때문이거나, 아니면 그 학생들이 어떤 부류인지 너무도 잘 알기 때문일 것이다. 아무튼 확인란에 서명이 없으면 그 이유를 묻는 또 다른 통신문이 발송된다.

만약 끝까지 답신을 보내지 않고 버티면 어떻게 될까?

하지만 난 별로 걱정하지 않았다. 그 안내문은 결국 얼마만큼의 돈을 내야 한다는 걸 의미했고 아버지는 그런 걸 결코 좋아하지 않았다. 그래서 그 통신문은 주방 선반 위에 그대로 놓여 있었다. 어머니도 아버지도 그에 관해 전혀 언급하지 않았고 나 역시 마찬가지였다.

그리고 크리스마스가 다가왔다.

이런 종류의 날이 어떤지 잘 알 것이다. 집 안은 사람들로 북적대고, 어렴풋이 기억나는 이모, 고모, 삼촌들이 연례행사차 방문한다. 그리고 "세상에, 그 어린애가 벌써 어른이 다 됐네!"라는 말을 끊임없이 쏟아내고, 마치 내가 거기에 없는 듯 나에 관해 떠들어댄다. 크리스마스는 이 모든 걸 참아내야 하는 그런 날이다.

아무튼 나는 가까스로 크리스마스 당일을 무사히 넘겼다. 그리고 내가 바라던 걸 얻었다. 다양한 기능이 탑재된, 50미터 방수라

수영장에서도 찰 수 있는 다이버 시계! 크리스마스 그 다음날까지도 난 줄곧 이 시계를 만지작거리며 지냈다. 하지만 그쯤 되자 만지작거리는 것도 지겨워졌다.

그래서 수영장으로 내려갔다. 정말 환상적이게도 텅 비어 있었다. 그래서 나와 안전 요원 둘이서 수영장을 차지했다. 그러다 요원이 따분해하며 나가버리자 나 혼자 남게 되었다.

나는 생각하고 또 생각하며 천천히 여유롭게 수영장 레인을 몇 차례 오갔다.

조그마한 강철덩이도 금방 가라앉아버리는데 어떻게 수천 킬로그램이나 되는 원양 정기선이 물 위를 떠다닐 수 있을까?

그런 다음 선물 받은 다이버 시계를 시험해보려고 물속으로 잠수해 들어갔다. 초바늘이 계속 돌아가고 있는지 확인하며 수영장 바닥까지 들어갔다. 50미터까지 방수가 된다는데 2미터쯤이야.

그런 다음 물속에서 얼마나 오랫동안 숨을 참을 수 있는지 시험했다. 재시도. 좀 더 오래 참을 수 있는지 시험해봤다. 다시 시도. 그다음엔 내 최고 기록에 도전해봤다.

한 번 더. 이번엔 초침이 0에 올 때까지 기다렸다가 숨을 깊이 들이마신 다음 물속으로 들어간다. 초침이 돌아가는 걸 지켜보며, 맨 밑바닥까지.

넌 할 수 있어.

계속 지켜본다. 너무 힘들어 눈을 감는다. 다시 뜬다. 초침이 멈췄다. 아니, 멈춘 게 아니다. 하지만 너무 천천히 움직이고 있다.

계속 견뎌. 넌 할 수 있어.

안간힘을 쓴다. 이제 위로 올라가야 한다. 그래야만 한다.

거의 다 됐어. 조금만 참아. 조금만 더.

폐가 터질 것 같다. 이제 올라가도 된다.

아냐, 기다려. 몇 초만 더. 과연 네가 할 수 있는지 한번 보자고.

나는 기다린다. 또 기다린다. 그러다 갑자기 더 이상 애쓰지 않는다. 전혀 힘을 쓰지 않는다. 어떤 압박감도 없다. 귀 안쪽에서 쿵쾅거리던 소리도 사라져버렸다. 이 아래는 평화롭다. 아주, 아주 평화롭다….

어머니와 아버지는 병원에서 온 전화를 받고서야 비로소 내가 집에 없다는 걸 알아차렸다. 나는 두 분이 복도에서 담당 간호사와 주고받는 대화를 뜨문뜨문 들었다.

"너무 걱정하지 마세요. 곧 좋아질 거예요… 마침 안전 요원이 늦지 않게 끌어내 인공호흡을… 잠깐 정신을 잃었을 뿐이에요… 대체 뭘 하고 있었는지 누가 알겠어요… 자살을 시도했는지도… 오늘 밤은 여기서 경과를 지켜봐야 해요. 다른 후유증이 없다면 내일쯤 퇴원할 수 있을 겁니다…."

어머니는 밤새 내 곁을 지켰다. 초조하게 두 손을 비비며 엄청 많이 울었다. 아버지는 잠시 머물다 다시 손님들에게 돌아갔다. 아버지는 병원에 있는 동안 아무 말도 하지 않았다. 몹시 속상해 보였다. 그리고 다음 날, 단호한 결심을 내뱉었다. 병원에서 집으로 돌아왔을 때 가장 먼저 내 눈에 띈 것은 현장학습 통신문이었다. 주방 선반에 있는 걸 아버지가 가져왔던 것이다. 통신문은 탁자 위에 펼쳐져 있었다. 아버지의 서명과 함께.

"다니엘, 이번 여행에 참가하도록 해라."

"전 가고 싶지 않아요."

"게리…."

"마가렛, 난 더 이상 못 참겠소. 이 여행이 저 애한테 혼자 노는 대신 다른 애들과 어울리는 법을 조금이라도 알려준다면 그깟 경비쯤 아깝지 않을 거요. 틀림없이 그 정도의 가치는 있을 테니까."

"전 가고 싶지 않다니까요."

"아니, 넌 가야해! 내 말이 무슨 뜻인지 모르겠어? 난 네가 갈 거라 믿는다! 분명 너한테 도움이 될 거야."

·

어둠 속에서 믿을 수 없다는 듯한 웃음소리가 들려온다.

"너희 아버지가 그렇게 말했다고? 너한테 도움이 될 거라고? 진짜 그렇게 말했단 말이야?"

"응, 진짜로."

"거 참 재미있네."

말투로 보아 그는 고개를 절레절레 내젓고 있는 게 분명하다.

"뭐가 재미있는데?"

"실은 말이야, 그 통신문이 집으로 왔을 때 우리 아버지가 나한테 뭐라고 했는지 알아?"

"뭐라고 했는데?"

"'이번 여행에 다녀오도록 해. 일주일간 너와 떨어져 있는 게, 나한테 도움이 될 것 같다. 알아들었지?' 이렇게 말하더라니까. 나는 물론 자알 알아들었지."

침묵이 흐른다. 그가 잠시 생각에 잠긴 듯하더니 다시 말한다.

"그래서 어땠어?"

"뭐가?"

"조금이라도 도움이 됐냐고."

지금 나한테 묻고 있는 건가? 지난 한 주간 우리가 어떤 일들을 겪었는데, 그런데도 나한테 그렇게 묻는단 말이지? 도움이 됐냐고?

"넌 어떤데?"

그가 어깨를 으쓱하자 방수복이 부스럭거린다.

"모르겠어."

대답과 함께 선웃음이 울려 퍼진다. 두려움과 쓸쓸함이 뒤섞인 웃음이다.

"아무래도 그건 액셀만 선생한테 물어봐야 할 것 같은데… 안 그래?"

액셀만.

토저가 이 이름을 언급하자 벽 주위가 울리는 듯하다.

액셀만, 액셀만, 액셀만.

우리 두 사람이 정말 확실하게 공유하고 있는 그 이름.

4

"내 이름은 제프 액셀만이다."

우리가 깜짝 놀라 쳐다보자 그가 활짝 미소를 지어 보였다. 학기 초 선생님들이 자기 성 앞에 미스터를 붙여 자신을 소개하는 것과 달리 그는 자신의 이름을 바로 말했다. 아이들은 놀란 눈으로 그를 쳐다봤다. 과연 누가 먼저 그를 '제프'라고 부를 것인지 여기저기서 내기를 거는 모습들이 보였다.

"…페른햄에서 만 3년을 잘 버티고 살아남은 상으로 너희는 올해 나를 체육 선생으로 모시게 되었다."

웃음이 교실 가득 퍼졌다. 곁눈질하는 아이들이 늘어났다. 그말을 '올해 날 체육 선생으로 모시게 되었으니 어지간히 운도 없지?'라고 받아들인 건 정말 나뿐이었을까?

그는 껌을 씹고 있었다. 껌을 씹으며 우리를 살폈다. 질겅질겅 씹고 살피고, 또 씹고 살피고. 그는 절대 서두르지 않았다. 덕분에 우리는 그를 더욱 자세히 볼 수 있었다.

아무렇게나 쓸어 넘긴 머리칼, 저걸 단정히 정돈하려 했다면 분명 상당한 시간이 필요했을 것이다. 검푸른 강철빛 체육복 상의 아래로 떡 벌어진 어깨. 무언가를 위해 워밍업 중인 듯 쉴 새 없이 움직이고 있는 짤막하고 다부진 두 다리.

마치 운동선수처럼 보였다. 또 실제로 운동선수였다. 바로 이 점을, 그는 우리에게 분명히 각인시키고 싶었던 것이다.

그가 질겅질겅 껌을 씹는다.

"또 나는 우리가 즐거운 시간을 갖게 될 거라 확신한다…."

질겅질겅, 다정하게 활짝 웃으며.

"안 그러면… 어떻게 되는지 알지?"

다들 미소 짓는다. 액셀만은 격의 없는 친구처럼 소탈해 보였다.

잠깐은 정말 그랬다. 학교에서 우리 중 누군가와 마주치면 그는 윙크를 하며 이런 인사말을 건넸다. "괜찮니?" 심지어 나한테도 한 적이 있다. 하지만 그건 그리 오래가지 않았다.

시간이 지남에 따라, 액셀만의 '괜찮니?'는 체육 대회에서 두각을 나타낸 아이들만 들을 수 있는 최고의 찬사가 되어버렸다. 나머지 아이들은 철저히 무시당했다.

아니, 내가 말하는 나머지란 관심에서 벗어난 아이들 중에서도 나머지를 뜻하는 것이다.

나는 한동안 그 나머지에 속해 있었다.

하지만 토저는 나머지가 될 수 있는 기회조차 없었다.

●

솔직히 말해, 토저는 운이 나빴다. 토저가 아니었다면 분명 다른 누군가가 희생양이 되었을 것이다. 단지 토저가 액셀만 선생의 눈에 가장 먼저 띄었을 뿐이다.

우리는 체육관에서 액셀만의 오락 게임들 중 하나를 하고 있었다. 그는 이걸 '지붕까지 달리기'라 부른다. 일종의 계주로 각 팀 주자가 늑목을 타고 올라가 천장을 친 다음 다시 내려와 다음 주자에게 바통을 넘겨주는 식이다.

시합이 시작된다. 두 팀의 실력은 막상막하다. 심지어 나조차도 별 탈 없이 끝까지 올라갔다 내려온다. 빠르진 않지만 액셀만의 눈에 띌 만큼 그렇게 느리지도 않다.

드디어 양쪽 모두 마지막 주자만 남았다. 상대 팀 주자는 토저, 우리 팀 주자는 그렉 인들이다.

토저가 체육관을 가로질러 질주한다. 액셀만 선생에게 깊은 인상을 남기기 위해서든, 그렉 인들을 이기기 위해서 뭔가 특별한 걸—그게 뭔지는 모르겠지만—해야 한다는 걸 알기 때문이든, 그의 표정으로 보건데 토저는 진짜로 노력하고 있었다. 토저는 능목까지 달려간 뒤 미치광이처럼 오르기 시작한다. 중간까지만 해도 선두를 유지한다. 하지만 꼭대기에 이르러 그렉에게 따라잡히고 만다. 두 사람은 함께 천장을 치고 다시 내려오기 시작한다.

바로 이때 토저가 발을 헛디뎌 미끄러진다.

어찌 보면 그리 놀랄 일도 아니다. 그렉처럼 운동신경을 타고난 것도 아닌 데다 무리하게 다리를 아래로 뻗치고 있었기 때문이다. 그러고는 한순간 기어 내려가는 모양새가 된다. 그가 바닥으로 굴러 떨어지는 걸 막기 위해 한 손을 뻗쳐 능목이든 뭐든 잡으려고 한다. 가까운 벽 고리에 둘둘 말린 등산용 로프가 걸려 있었다. 토저의 손에 잡힌 건 바로 이것이었다.

불과 2~3초 동안이었지만, 로프와 능목 사이에 매달려 있는 그의 모습이 꼭 밀림 속 넝쿨에 매달려 있는 것처럼 보였다. 마침내 그가 두 손으로 능목을 다시 잡고 몸을 가눈다. 이때쯤, 그렉은 이미 내려와 결승선을 밟는다.

앞서 말했듯, 이것은 누구에게나 일어날 수 있는 일이었다. 만약 그랬다면, 바로 그가 액셀만 선생의 표적아이들의 주의가 산만해질 때마다 집중시키기 위해 필요한 놀림감이 되었을 것이다. 그런데 이 일은 그 누구도 아닌 바로 토저에게 일어나고 말았다.

"예술성으로만 치자면 6대 0이야."

토저가 숨을 헐떡이며 제자리로 돌아오자 액셀만 선생이 깔깔 웃으며 말한다.

"이제부터 널 원숭이라 불러야겠다."

그리고 정말 그렇게 불렀다.

수업 중 왁자지껄한 분위기를 가라앉혀야 할 때면 어김없이, "야, 원숭이, 그만 노닥거려!"라고 소리친다. 모든 아이들이 자신이 가리키는 방향을 똑바로 쳐다보길 원할 때도, "자, 모두들 전방을 주시한다. 거기 원숭이, 그만 긁어대!"라고 말한다.

물론, 이것은 즉시 먹혀든다. 늘 반 전체를 웃음바다로 만들면서.

나도 웃고.

토저도 웃는다.

내가 이해할 수 없는 건 바로 이거다. 토저는 대체 왜 따라 웃는 걸까?

•

나와 액셀만은? 그 일은 두어 달 후에 일어났다.

그때까지, 그는 나를 전혀 주목하지 않았다. 지극히 당연한 일, 조금도 놀랍지 않다. 체육 시간마다 나는 눈에 띄지 않는 익명의 존재였을 뿐이다.

문제는 내가 익명의 존재가 아니었던 그날 시작되었다. 중간 방학*이 끝나고 학교로 막 돌아온 때였다. 시간표라는 게 으레 그렇듯, 일정이 바뀌어 있었다. 체육관에서 정신없이 달리는 대신, 밖에서 축구를 하게 된 것이다.

이 대목에서 날 오해하지 마시길. 축구라면 상관없다. 게다가 난 축구 경기 보는 걸 무척 좋아한다. 축구에는 무한한 수학이 있기 때문이다. 예를 들면 기하학 같은. 기량이 뛰어난 선수들이 작은 삼각형을 그리며 공을 패스하는 모습. 날아오는 슛의 최저 각도를 향해 몸을 던지는 골키퍼의 자세. 프리킥 할 때 공이 바닥에 머무르게끔, 공중에 뜨게끔, 회전하도록 만들기 위해 선수들이 자신의 몸을 다양한 각도로 변화시키는 모습. 나는 종종 의문을 품곤 했다.

'완벽한 프리킥 곡선을 계산하는 방정식을 만들 수 있을까?'

하지만 온몸이 얼어붙을 것 같은 추운 날 아침에 축구를 하라니—바로 이것이 그날 우리에게 내려진 지침이었다—유감스럽게도 난 그 의도를 알 수 없었다.

내 실수는 액셀만 선생에게 이걸 그대로 말해버린 데 있었다.

"달려, 계속 달려."

그가 소리친다.

"몸에 열이 나도록 뛰란 말이야."

---

* 영국 학교에서 학기 중 실시하는 방학으로 보통 이틀에서 일주일까지 쉰다.

물론, 따지고 든 건 내 잘못이었다. 하지만 누군가로부터 뭔가를 하도록 지시받았을 땐 적어도 그 이유는 알아야 할 게 아닌가? 난 그저 알고 싶었다. 심지어 누구는 체육복 반바지를 입고 덜덜 떨고 있는데 누구는 북극 탐험가처럼 완전 무장을 하고 있을 땐 더욱.

그래서 내가 말했다.

"체육관으로 들어가면 훨씬 따뜻할 거예요."

마치 난생처음 보는 사람처럼, 액셀만 선생이 나를 힐끗 쳐다보더니 늘 입에 달고 사는 껌을 몇 번 씹는다.

"넌 누구지?"

마침내 그가 묻는다.

"다니엘 에드워즈인데요."

나는 '제프'라고 덧붙일까 망설였지만 그는 시간을 주지 않는다.

"헛소리 그만하고 움직이기나 해."

그가 툭 쏘아붙이더니 공을 공중으로 높이 차 올린다. 그리고 전 세계를 향해 선언하듯 외친다.

"파란색 대 흰색의 대결이다. 전후반 각각 15분씩!"

나는 꼼짝하지 않는다.

"우리가 지금 왜 이걸 해야 하나요?"

액셀만 선생은 날 쳐다보지도 않는다. 공이 땅으로 떨어지는 걸 지켜보며 이렇게 말할 뿐이다.

"일정표에 나와 있기 때문이지."

내 머릿속에서 종소리가 땡땡 울린다.

합리적인 질문에 유치한 대답.

"일정표에 이걸 밖에서 해야 한다고 나와 있단 말인가요?"
"뭐?"
이번엔 액셀만 선생이 나를 쳐다본다. 질경질경.
"일정표엔 그냥 축구라고만 적혀 있을 거예요. 밖에서 하라는
말은 없을 거라고요."
"그래, 그런 말은 없어. 하지만 이게 너희한테 더 좋아."

합리적인 질문─둘, 유치한 대답─둘.

"왜 그렇죠?"
내가 묻는다.
"난방이 들어오는 숨 막히는 교실에서 탈출시켜 너희의 그 폐
속에 신선한 공기를 넣어주기 때문이지. 이게 바로 그 이유야."
"교실에서도 얼마든지 그렇게 할 수 있어요, 창문만 열면."
이제 액셀만 선생은 '이게 웬 얼간이냐' 하는 표정으로 나를 째
려본다.
"좋아, 하지만 네 피가 그 작은 몸뚱이를 다 돌려면 그것으론 부

족할 거야, 그렇지? 이건 달리기와는 달라. 네 건강에 좋은 거란 말이다."

내가 손가락으로 아이들을 가리킨다. 대부분은 무리 지어 덜덜 떨며 서 있고, 잘하는 몇몇만이 서로 공을 패스하고 있다.

"그럼 우리 중 몇 명이 뛰게 되는 건가요? 서른 명 중 여섯? 딱 20퍼센트만요?"

액셀만이 껌을 씹다 말고 멈춘다. 내가 그의 심기를 건드렸다는 확실한 표시다. 하지만 난 멈추지 않는다.

"그냥 달리는 건 왜 안 되는 거죠? 왜 꼭 이 추운 바깥에서 공을 쫓아다녀야 하냐고요. 그냥 달리기만 해도 되잖아요, 체육관에서. 선생님께서 시간을 재주고 우린 계속 달리고. 그러다 개인 최고 기록에 도전할 수도 있고요. 오히려 그게 우리 모두를 위한 운동이 아닐까요? 여기에 약간의 점수를 건다면 더 분발하겠지요."

하지만 액셀만은 여전히 구태의연한 답변으로 얼렁뚱땅 넘기려 한다.

"우린 이미 그렇게 하고 있어, 에드워즈."

그가 말한다. 강압적인 태도는 버렸지만 이젠 몹시 빈정거린다.

"네가 말한 건 육상이라고 하지. 육. 상. 알겠어? 그건 여름 학기 때 할 거야."

"여름 학기요? 그 무더위에?"

"뭐라고?"

그가 무슨 말을 해야 할지 몰라 당황하는 게 보인다. 나는 재미삼아 논점을 돌리며 계속 말꼬리를 붙잡고 늘어진다.

"그럼 이 겨울엔 뛰라고 하지 마세요. 왜냐하면 그건 여름에 하도록 되어 있으니까요. 하지만 여름엔 가만히 있어도 열이 오르는데 일부러 뛸 필요가 없긴 하죠. 액셀만 선생님, 선생님께서 하시려던 말씀이 이런 건가요?"

이쯤 되면 그도 어쩔 수 없다.

"좋아, 에드워즈, 그만 됐어! 네 생각은 네 생각이고. 지금은 어쩔 수 없어. 왜냐고? 내가 하라고 했기 때문이야. 알겠어?"

내가 하라고 했으니까. 논쟁에서 말발이 서지 않는 사람의 마지막 카드다. 넌 그렇게 해야 해, 내 방식이 옳기 때문이 아니라 단지 내가 그렇게 하라고 했으니까.

우승자는—다니엘 에드워즈!

내가 정중히 인사한다.

"네, 알겠습니다!"

나는 잽싸게 달려 나간다. 머리싸움에서 이긴 게 마냥 신나고 행복할 뿐이다.

수업이 끝날 무렵, 그는 현장학습에 관한 통신문을 나눠주었다.

"이건 네 거야. 내가 널 기억하고 있다는 걸 보여주는 거다. 앞으로 지켜보마, 이 똑똑아."

입을 앙다물고 차가운 시선으로 그가 말했다.

그제야 난 깨달았다. 우리의 진짜 전쟁은 이제 막 시작되었다는 것을.

5

토저가 손전등을 딸깍 켰다. 순간 빛이 밝게 솟구치더니 힘없이 수그러든다.

"네 전지가 다돼가나 봐."

내 말에 토저가 어깨를 으쓱한다.

"그래서? 이 어두운 데 앉아 있자니 미칠 것 같은데, 어쩌라고! 끄라고?"

토저는 지금 자기가 무슨 말을 하는지도 모른다. 너무 초조한 것이다.

내가 다시 말한다.

"그걸 끄라고. 전지를 아껴야지. 여기 얼마나 더 있게 될지 모르는데."

그가 손전등을 홱 돌리더니 내 눈을 비춘다. 그의 목소리엔 두려움이 깔려 있다.

"그게 무슨 말이야? 아까는 사람들이 우릴 찾으러 올 거라며."

"당연히 오겠지. 올 거야."

"그럼 됐어. 넌 항상 옳으니까. 이 전지도 그때까진 버텨줄 거야, 그렇지?"

"내가 항상 옳은 건 아냐."

토저는 이 말에 아무 대꾸도 하지 않는다. 단지 내게서 불빛을 돌려 또다시 벽을 비추어볼 뿐이다. 바위가 점점 더 축축해지는 것 같다. 마치 우리를 여기 가둬놓느라 진땀을 빼고 있는 것처럼.

"그런데 우리 여기 얼마나 있었지?"

그가 묻는다.

나는 다이버 시계를 본다. 50미터 방수 시계, 난 여전히 이걸 차고 있다.

50미터 방수라는 건 어떻게 알았을까? 잠수부를 보내서 측정했겠지 뭐.

어쨌든, 이곳은 너무 어둡다. 시계의 야광 바늘이 또렷하게 보일 정도다.

"한 시간쯤."

"겨우? 일주일은 된 것 같은데."

토저, 그럼 우리가 이곳에서 보냈던 지난주는 어때? 그건 얼마나 오래된 것처럼 느껴지니?

·

우린 월요일에 출발했다. 액셀만 선생의 '절대 엄수 9시 정각'에서 딱 11분 지난, 9시 11분에.

아버지가 나를 차에 태우고 교문에 들어섰을 때 대형 버스는 벌써 엔진을 켠 채 기다리고 있었다. 원래부터 현장학습용 차량이었는지 세차를 하지 않아 버스 뒤쪽에 뿌연 흙먼지가 얇게 덮여 있었다. 누군가 그 먼지 위에다 '볼일 보고 닦는 걸 잊지 말 것'이라고 휘갈겨 써놓은 게 보였다.

뒤 유리창에는 '페른햄 중학교 사파리'라고 적힌 표지판이 붙어 있었다. 그렉 인들과 플릭 해리스의 얼굴이 그 위에서 나를 내려다보고 있었다. 그 애들은 나를 본 뒤 다시 고개를 돌렸다.

차들이 속속 들어와 부모님과 아이들, 가방과 짐들을 내려놓고 각각 제 갈 길로 흩어졌다. 가방과 짐은 버스 기사의 손에 들려 짐칸 속으로 사라졌고 부모들은 뒤로 물러나 보도에 줄지어 서 있었다. 이들은 훗날 어디선가 마주치면 그저 고개만 까닥이게 될 사람들과 웃고 떠들며 자신들이 이번 주를 얼마나 고대했었는지에 관해 서로 얘기를 나눴다.

나는 버스에 올라타 주위를 두리번거렸다.

누군가가 실수로 49인승 버스를 예약했다. 여행 참가자는 스무 명뿐이라 앉을 자리는 충분했다. 앞쪽에서 혼자 앉을 수 있는 자리를 발견했다.

그리고 창밖을 내다보았다. 어머니가 살짝 손을 흔들었다. 하지만 다음 순간 머리를 쓸어 넘기는 척하며 손짓을 감춰버렸다. 마치 나를, 혹은 어머니 자신을, 아니면 아버지를 난처하게 만들고 싶지 않다는 듯.

아버지는 어머니 옆에서 부산스럽게 손을 움직이며 다른 학부형들과 수다를 떨고 있었다. 이들의 관심이 아버지보다 버스를 쳐다보는 데 더 쏠려 있다는 걸 알아채지 못한 채 연신 뭔가를 떠들어댔다. 그가 딱 한 번 내 쪽을 쳐다보며 살짝 고개를 끄덕였다. 나 참, 도대체 무슨 뜻인지.

아무도 내 옆에 앉으려고 하지 않았다.

새로 도착한 아이들은 쿵쿵거리며 버스에 올라타 누가 어디에 있는지 확인한 뒤 나를 지나쳐갔다. 그렉과 플릭이 있는 곳으로. 두 사람은 널찍한 맨 뒷자리가 자신들의 궁궐인 양 가운데에 떡하니 자리를 잡고 있었다.

갑자기 큰 외침이 왁자지껄한 분위기를 뚫고 지나갔다.

"녀석이 온다!"

토저가 불룩한 여행 가방을 어깨에 둘러메고 혼자서 저 아래 길에서 터벅터벅 걸어오고 있었다. 그를 배웅하러 나온 사람은 아무도 없었다.

"야, 빨리 흩어져 앉아!"

토저가 쿵쿵거리며 버스 계단을 올라 통로를 지나친다. 그가 지나갈 때마다 여기저기서 핑계 세례가 쏟아진다.

"미안, 토쉬, 이 자리는 벌써 임자가 있어."

"여기도."

"여기도 맡아놓은 사람이 있는데."

이때 그렉의 선명한 목소리가 들린다.

"저기 한 자리 비었어, 토쉬."

툴툴거리고 발을 질질 끌며 짐을 선반 위에 올려놓은 뒤 토저는 자기에게 주어진 자리에 털썩 주저앉는다. 나는 주위를 둘러본다. 그 역시 혼자 앉아 있다.

내 앞으로는 우리와 함께 가는 로멕스 선생과 레드로우 선생, 나머지 인솔 교사들의 머리만이 보일 뿐이다. 로멕스 선생과 레드로우 선생은 아주 젊은 신입 교사라서 액셀만 선생의 권위에 어떤 이의도 제기하지 않을 것처럼 보인다. 액셀만 선생은 지도를 점검하며 버스 기사에게 뭔가를 말하고 있다.

이윽고 액셀만 선생이 일어선다. 그리고 한껏 목청을 돋워 무작 위로 출석을 부른다.

"해리스?"

저 뒤에서 플릭의 목소리가 들린다.

"네."

"인들?"

"네."

"좋아. 적어도 쓰러지지 않고 장거리를 달릴 사람은 확보됐군. 다음, 원숭이?"

"네."

"당연히 왔겠지. 좀 전에 버스가 엄청 심하게 흔들렸거든. 다음, 에드워즈?"

"네."

아무 언급도 없다.

액셀만은 클립보드에 마지막 표를 꽂고 주위를 둘러본 뒤 운전기사를 향해 고개를 끄덕인다. 부릉거리는 엔진 소리. 밖에서 어지럽게 흔들리고 있는 손들을 뒤로한 채 버스는 모퉁이를 돌아 서서히 앞으로 나아간다.

"자, 이로써 너희는 일주일 동안 엄마를 볼 수 없을 것이다. 이제 부턴 내가 바로 너희들 엄마다, 알겠나?"

액셀만 선생이 말한다.

여기저기서 웃음이 터지고 슬프게 우는 척하는 소리도 들린다.

그는 잠시 이 소리들이 잦아들기를 기다린다.

"하지만 너희들 엄마와는 달리, 난 너희들에게 요리를 대령하지 않을 것이다. 우린 정오가 지나서야 체다 협곡에 도착할 것이다. 그리고 여기서 다시 15분쯤 가면 토끼굴 골짜기가 나온다. 그런데 보다시피 이 버스엔 식료품 저장고가 없다. 즉 앞으로 약 세 시간 반 동안, 각자 싸 온 먹을거리를 가지고, 버텨야 한다는 뜻이다. 뭘 가져왔든 말이다. 그러니 도심을 빠져나가기 전에 음식을 죄다 먹어치우지 않도록 해라. 무슨 말인지 알겠나?"

새엄마의 쩌렁쩌렁한 목소리에도 불구하고 차 안의 왁자지껄함은 좀처럼 가라앉지 않았다.

그는 목소리를 좀 더 높인다.

"거기, 원숭이, 알아들었어?"

단번에 주위가 잠잠해진다. 다들 다음 말을 기다리는 눈치다.

"네가 싸 온 바나나를 한꺼번에 몽땅 먹어 치우지 말란 말이야."

머리들이 일제히 휙휙 돌아가고 다들 토저를 보며 키득키득 웃어댄다. 그때 그는 뭘 하고 있었을까? 사는 게 마냥 즐거운 듯 헤벌쭉 웃고 앉아 있었다.

다들 너를 비웃고 있잖아. 넌 이게 안 보이니? 정말 아무렇지도 않아?

난 다시 고개를 돌려 우리가 가고 있는 길을 바라보았다. 토저

는 자기 의자의 머리받이 너머로 뒤에 있는 그렉과 플릭을 보고
있었다.

이젠 아무도 그를 주목하지 않는데도 그는 여전히 헤벌쭉 웃고
있었다.

　　　　　　　　　　　　•

액셀만 선생의 예상은 크게 빗나가지 않았다. 그가 밖을 내다보
며 "체다 협곡이다!" 하고 소리쳤을 때, 시계는 12시 15분을 가리
키고 있었다. 15분의 오차는 도중에 화장실에 다녀오느라 출발을
잠깐 지체했기 때문이다. 그는 다시 똑바로 앉아 가지고 있던 보
드판에 뭔가를 휘갈겨 썼다.

처음엔 다들 시큰둥한 표정으로 별 관심을 보이지 않았다. 그러
나 잠시 후, 버스 기사가 언덕을 오르려고 기어를 바꾸고 차의 속
도가 점점 느려지자 다들 양쪽으로 치솟아 있는 암벽을 주시하기
시작했다. 심지어 뒤에서 쉴 새 없이 떠들어대던 수다꾼들조차 잠
시 입을 다물었다.

나는 밖을 내다보았다. 지금껏 내가 본 것들 중 가장 경이로운
광경이었다.

바위틈에 뿌리를 내리고 생존에 필요한 수분을 간신히 찾아낸
양치류와 관목들 덕분에 다소 누그러지긴 했어도 암벽들의 대부

분은 거칠고 움푹움푹 패여 있었다. 하지만 뭐니 뭐니 해도 가장 놀라운 건 암벽의 높이였다. 차창에 뺨을 대고 아무리 위를 쳐다봐도 도저히 끝이 보이질 않았다.

어떻게 여기까지 올라왔을까?

그리스 신화에 나오는 어떤 신—도끼를 휘둘러 언덕을 둘로 쪼개버렸던—이 만들어놓은 틈새를 지나고 있는 것만 같았다. 이 협곡의 길은 사람들이 일부러 닦아놓은 게 아니었다. 수백만 년 전부터 있었던 협곡 위에 그대로 길이 생긴 것이다.

저건 높이가 얼마나 될까?

A블록 사건 이후, 나는 스프링 노트를 그냥 평범한 공책으로 바꿔버렸다. 그때 창밖으로 내 계산지들과 함께 내던져졌던 이론. 나는 그 이론을 떠올리려고 애썼다.

통로 쪽으로 몸을 기울이자 버스의 속도계가 보인다. 시속 25마일, 즉 시속 40킬로미터. 비탈의 기울기는… 2도라고 치자… 버스가 협곡 바닥에서부터 등성이를 휘감고 올라가는 동안 시간을 잰다. 5분. 노트를 몇 장 넘겨가며 열심히 계산한다.

그러니까… 높이가 120미터가 넘는다는 말이잖아. 아니지, 깊이가 120미터지. 엄청난 도끼로군!

내가 바깥 풍경에 관해 한창 탐구하고 있을 때, 15분 후 버스가 좁은 자갈길 끝에서 요란하게 자르륵 소리를 내며 멈췄다.

그러자 웅성웅성 와자지껄한 소음이 최고조에 달한다. 내 주위의 모든 아이들이 기다렸다는 듯 자리를 박차고 일어나 가방을 집어 든다. 이때 액셀만 선생이 자리에서 일어나 통로 앞쪽에 우뚝 선다.

"다들 앉아, 제자리에 앉으라고. 아직 움직이지 마."

액셀만 선생의 목소리에 아이들은 실망한 듯 조용해진다.

"토끼굴 골짜기에 도착한 걸 환영한다. 너희들이 웃고 떠들며 즐기는 동안 우리 교사들은 계획을 짜고 있었다."

그가 손가락으로 내 쪽 창문을 가리킨다.

"다들 저기 저쪽을 봐라."

나는 창밖으로 고개를 돌린다. 버스 맞은편에 앉아 있던 아이들이 우르르 통로로 몰려든다.

평평한 지붕을 한 땅딸막한 통나무집들이 보인다. 커다란 정방형 대지 한쪽에 집들이 일정한 간격으로 줄지어 늘어서 있고 그 위로 나무 그늘이 드리워져 있다. 통나무집 맞은편에는 작은 막사 두 채와 이것보다 훨씬 더 큰 막사 한 채가 있다.

막사 창문에 철조망이 둘러져 있고 계단이 베란다까지 이어져 있다. 마치 옛날 영화에서 튀어나온 건물 같다. 카우보이 복장을 한 액셀만 선생이 흔들의자에 앉아 파이프를 물고 기타를 치는 모습을 그려본다.

이런, 그가 실제로 옛 노래를 부르고 있다.

"듣고 있냐, 원숭이? 저 통나무집들 보이지? 넌 저 중 한 곳에서 자게 될 거다. 저 나무들 중 하나에서 일어나는 게 아니라. 알아듣겠어?"

여기저기서 웃음이 터지다 곧 잠잠해진다.

"좋아. 난 로멕스, 레드로우 선생과 함께 1호실을 쓸 거다. 너희는 2호실에서 6호실까지 팀별로 함께 사용한다."

보드판이 다시 등장한다.

"지금부터 이름을 호명할 테니 잘 듣고 자기 숙소가 어디인지 확인하도록 해라. 우리는 이번 주말 가장 우수한 팀을 뽑아 상을 줄 예정이다. 이 시간 이후 자기가 몇 호실인지 되묻는 녀석이 있다면 그 팀은 벌점 50점과 함께 시작하게 될 것이다. 그럼 2호실부터 시작한다. 팀명은 독수리…."

함께 사용한다고?

그제야 상황 파악이 되기 시작한다.

그 전까지는 나 혼자 방을 쓸 수 없다는 걸 생각지도 못했다.

액셀만 선생이 보드판에서 명단을 살피는 동안 내 머리가 빠르게 돌아가기 시작한다.

"3호실은 황조롱이… 4호실은 매."

팀별로 방을 같이 쓴단 말이지. 나 혼자가 아니라. "그게 너한테 좋을 거야, 다니엘…"이라고 했었지.

"5호실은— 그래, 송골매로 하자….."

그의 호명이 끝에 다다를 때쯤 다음에 무엇이 올지 감이 잡힌다. 익숙하고 차가운 내 손이 주먹을 꽉 쥐는 게 느껴진다. 전보다 더 꽉 쥐고 있다.

"마지막, 아마 이 방이 가장 작을 거야— 6호실."

액셀만이 뒤쪽을 쳐다본다.

"팀장은— 그렉 인들. 너는 앞으로 너희 방에서 일어나는 모든 일을 책임져야 한다, 알겠나? 어떤 문제든 모두. 그리고 원숭이를 너희 방에 배정하겠다."

뒤쪽에서 과장된 신음이 터져 나온다.

"그래, 원숭이. 너도 6호실이다. 방을 찾는 건 아주 쉬워. 5호실까지 따라가. 그럼 바로 다음이 네 방이다."

액셀만 선생이 보드판을 힐끗 내려다본다. 그럴 필요 없는데.

난 이미 그의 속이 훤히 들여다보인다.

"해리스. 너도 6호실이다. 그리고 마지막, 이 팀의 IQ를 평균 수준으로 끌어 올려줄 인재…."

내가 액셀만을 쳐다본다.

"에드워즈, 6호실. 너한텐 너무 시시한 숫잔가? 그럼 216의 세제곱근이라고 해주지."

그는 나를 쳐다보지도 않는다.

"선생님, 우리 팀 이름은 뭡니까?"

그렉이다. 그는 벌써 자기가 팀장이라는 걸 즐기고 있다.

"글쎄…."

액셀만 선생이 천천히 껌을 씹는다.

"다른 팀 이름을 모두 맹금류로 했으니까, 벌처* 팀 어떠냐?"

사방에서 키득거린다.

"맞아요! 쟤들은 쓸모없는 패거리거든요."

누군가가 소리친다.

"그래, 그렇게 우리의 아침거리가 되고 싶단 말이지? 각오해, 이 시체들아, 너흰 이제 다 죽었어!"

그렉이 되받아치자 더 큰 웃음이 터져 나온다. 하지만 나는 이

---

* 우리가 흔히 알고 있는 빠르고 용맹한 독수리는 이글(eagle)이고 벌처(vulture)는 사냥을 하지 않고 사체를 먹는 독수리 부류이다. 속어로 약한 자를 등쳐먹는 자, 무자비하고 욕심 많은 자, 비열한 사기꾼을 뜻한다.

소리가 괜한 엄포 같지만은 않다.

"좋아, 아침 식사로 누가 누구를 먹는지 지켜보도록 하지."

액셀만 선생이 말한다.

그리고 이제 나를 쳐다보고 있었다.

·

너흰 이제 다 죽었어!

그렉 인들의 말이 머릿속을 맴돈다. 이때 물방울이 토저의 손전등 불빛을 받으며 바닥으로 퐁당 떨어진다.

토저는 잠시 머뭇거리더니 불빛을 아래로 돌려 물방울이 떨어진 곳을 찾는다.

작은 물웅덩이 두 개가 보인다. 이 중 하나는 바닥에 있는 배낭 쪽으로 번지고 있다. 토저는 불빛을 돌린다. 그러더니 도저히 외면할 수 없다는 듯 다시 그 지점을 비춘다.

"저거 방수되는 거야?"

그가 말한다. 목소리가 떨리고 있다.

"뭐가?"

"저 배낭 말이야."

"모르겠어. 지금 그게 중요해?"

"저 안에 뭔가 있을지도 몰라. 그게 망가지면 우리를 탓할 거야. 난 야단맞고 싶지 않아. 그건 내 잘못이 아니었어."

그가 횡설수설 지껄여대는 동안 빛줄기가 앞뒤로 오락가락한다.

"정말 내 잘못이 아니었어. 지시에 따랐을 뿐이야. 우린 분명 여기로 오라고 들었어, 그렇지?"

"확실해."

이 사건이 터지기 직전 내가 들었던 말이 기억난다.

조심해, 이 안은 미끄러워.

이어 나는 우리 앞에 쓰러져 있는 형체를 내려다본다.

토저의 손전등 불빛 속에서 우리가 간신히 받쳐놓은 배낭 위로 그의 머리가 보인다. 평소엔 그토록 정성스레 빗질돼 있던 머리칼이 지금은 피와 뒤엉켜 헝클어져 있다.

그리고 내 머릿속에는 여전히 그렉의 말이 맴돌고 있다. 도저히 떨쳐버릴 수 없다.

너흰 이제 다 죽었어!

6

"뭐야, 이거 완전 쓰레기 더미잖아!"

그렉 인들이 가장 가까운 침대에다 가방을 획 집어던지며 말했다. 그는 으스대며 방 가운데로 들어서더니 마치 이곳을 조사하러 나온 사람처럼 발을 끌며 천천히 둘러보았다. 플릭이 그 뒤를 따르고 다음은 토저였다. 나는 문 옆에 서 있었다.

방은 직사각형 모양으로 세로 6미터 가로 5미터쯤 될 것 같았다. 바닥과 벽은 물론 천장까지 모두 나무로 되어 있었다. 방 안엔 좁은 나무 침대 네 개가 놓여 있고 그 옆에 땅딸막한 나무 사물함이 하나씩 딸려 있었다.

그중 두 침대는 사이좋게 세로 벽에 나란히 붙어 있고 그 사이에서 납작한 히터가 힘겹게 온기를 내뿜고 있었다.

세 번째 침대는 방 저쪽 끝에 있었다. 작은 흰색 세면대 옆에 놓여 있었는데 수도꼭지에서 물이 똑똑 떨어지고 있었다.

세면대 위엔 작은 거울이 걸려 있었다. 플릭이 얼른 거울을 들여다보며 머리를 살핀 뒤 말했다.

"그럼 이제, 누가 어디서 잘 건지 정해야지?"

그렉은 좀 전에 자기 가방을 네 번째 침대에 던져놓았었다. 문바로 옆이라 외풍을 가장 많이 받는 곳이다.

플릭의 말이 떨어지자 그렉이 다시 가방을 주워 들더니 히터 옆침대 중 하나에 가져다놓았다.

"난 여기면 충분해."

그러자 이번엔 플릭이 바닥의 제 짐을 발로 밀치며 얼른 나머지 한 침대로 뛰어든다.

"인간적으로 너무 심한 거 아냐?"

주먹으로 베개를 쾅쾅 치며 토저가 소리친다. 하지만 자리에서 움직이지는 않는다.

그렉이 세면대 옆에 있는 세 번째 침대를 가리킨다.

"저기야 토쉬. 넌 저 자리로 가면 돼."

토저가 그쪽을 힐끗 보더니 대꾸한다.

"왜?"

그러자 그렉이 어깨를 쫙 펴고 선임하사처럼 목소리를 내리깐다.

"네 상관이 그렇게 하라고 했기 때문이야. 알겠나, 졸병!"

액셀만 선생과 똑같군. "내가 그렇게 하라고 했기 때문이야."

플릭이 거북이처럼 머리를 불쑥 쳐든다.

"축하해, 토쉬. 최고의 자리야. 세면대 옆, 얼마나 좋아? 침대에서 일어나지 않고도 그 냄새 나는 발을 씻을 수 있고, 안 그래?"

문 옆 벽에는 소화기가 붙어 있다. 그렉이 떼어내 빨간 기관총처럼 허리춤에 갖다 댄다.

"그리고 침대에선 금연이야, 토쉬. 안 그랬다간 대니가 이 소화기를 너한테 쏴버릴 거야."

이를 드러내지 않고 웃으며 그가 내게 눈을 찡긋거린다.

"그렇지, 대니 보이?"

다정하게. 매혹적으로. 하지만 그의 메시지는 분명하다 : 소화기 옆에 있는 침대가 네 거야. 가장 나쁜 침대. 찬바람이 숭숭 들어오는 냉랭한 구석 자리. 거기가 바로 네 자리지. 이 결정에 어떤 이의도 제기하지 마.

나는 그곳에 가방을 내려놓고 지퍼를 열기 시작한다.

이때 토저가 따지고 든다.

"왜 난 플릭의 침대를 쓰면 안 되지? 난 히터 옆자리가 좋은데."

토저는 지금껏 꼼짝도 하지 않았다. 어깨에 멘 가방조차 내려놓지 않았다.

그렉은 이 사태를 어떻게 처리해야 하나 잠시 생각하더니 농담으로 얼버무린다.

"히터 옆자리? 토쉬, 네가? 난 네가 아주 강한 줄 알았는데. 그렇지, 플릭?"

"물론이지."

플릭이 거든다.

"전 세계 병력을 총동원해도 쓰러트릴 수 없는 강철 인간이지!"

"강하고, 단단하고, 쓰러트릴 수 없고…."

"어리석지."

토저의 얼굴에 아주 희미하게 분노의 빛이 스친다. 그렉도 이걸 알아차린다. 그리고 두 손을 번쩍 들어 올리며 말한다.

"아, 아, 알았어. 불공평한 팀장이란 소리는 듣고 싶지 않아. 공정하게 제비뽑기로 정하자."

이번엔 플릭의 표정이 별로인 것 같다.

"뭘? 어떻게? 동전 던지기로?"

"아니."

"…."

"아, 생각났어."

그렉이 나머지 두 사람을 쳐다본다.

내 메시지를 알아들었지, 대니 보이? 넌 여기서 빠져. 우리가 뭘 하든 네 자리는 변함없을 거야. 그 문 옆에 있는 자리가 바로 네 거야.

"감자 세기."

"뭐?"

플릭이 되묻는다.

"감자 세기, 몰라? 감자 하나, 감자 둘. 기억나지? 놀이 시간에 편을 정할 때 늘 사용했던 방법이잖아."

"그래, 어렸을 때 하던 거지."

플릭이 말한다. 토라져 불만스러운 말투다. 오른팔인 자신이 한낱 졸병보다 못한 취급을 받는다는 게 못마땅한 것이다.

"그럴 거면 동전 던지기를 해도 되잖아. 뭐가 문제야?"

"그렇게 되면 네가 둘 중 어떤 면을 던졌는지 토쉬가 알아차릴지도 몰라. 감자 세기를 이용하면 누가 이길지 전혀 예측할 수 없다 이거야. 안 그래?"

그러자 갑자기 플릭의 기세가 꺾인다. 그리고 그렉의 말을 이해했다는 듯 고개를 끄덕인다.

"좋아. 나쁘진 않을 것 같아."

"토쉬, 너도 찬성이야?"

토저는 마치 64,000불짜리 질문*이라도 받은 듯한 표정이었다.

그는 모른다. 나머지 둘은 알고 있지만 그는 알지 못한다. 아마 전

---

* 1940년대 미국 TV 퀴즈쇼에서 유래한 표현으로 마지막 가장 어려운 문제에 걸린 상금이 64,000달러였다. 매우 중대한 일이 걸려 있는 문제를 뜻한다.

에도 항상 그랬을 것이다.

마침내 토저가 고개를 끄덕인다.

"응."

"좋아. 결정됐어. 마지막에 걸린 사람이 저 침대를 쓰는 거야. 둘 다 주먹 내."

토저와 플릭이 주먹을 내밀자 그렉이 두 사람을 마주 보도록 자리를 옮긴다. 토저가 그의 왼쪽, 플릭이 오른쪽이다. 이걸 보는 순간 그렉이 누구의 주먹부터 세기 시작할지, 또 누가 이길지 훤히 내다보인다.

"감자 하나…."

그렉이 토저의 오른쪽 주먹을 친다.

"감자 둘…."

토저의 왼쪽 주먹을 친다.

"감자 셋…."

이제 플릭의 오른쪽 주먹으로 넘어간다.

"감자 넷…."

다시 플릭의 왼쪽 주먹이다.

그리고 다시 처음으로 돌아간다.

"감자 다섯, 감자 여섯, 감자 일곱, 그만!"

마지막 말과 동시에 그렉이 플릭의 왼쪽 주먹을 친다. 플릭이 아웃된 주먹을 내려 등 뒤로 가져간다. 토저가 기쁜 표정으로 바라본다.

"좋은 출발이야, 토쉬. 이대로 가면 네가 이길 것 같은데."

그렉이 토저를 추켜세우고 처음부터 다시 시작한다.

"감자 하나, 감자 둘…."

토저의 오른쪽 주먹에 이어 왼쪽 주먹을 친다.

"감자 셋, 감자 넷…."

플릭의 오른쪽 주먹을 친 다음 왼쪽 주먹은 아웃되었으므로 토저의 오른쪽 주먹으로 다시 돌아간다.

"감자 다섯, 감자 여섯, 감자 일곱, 그만!"

그렉이 다소 과장된 몸짓으로 토저의 왼쪽 주먹을 탁 친다.

"동점이야, 막상막하로군. 정말 흥미진진한데? 과연 누가 이길까?"

확실한 건 이들 셋 중 이 답을 모르는 사람은 토저뿐이라는 사실이다. 그렉은 마지막 판을 위해 다시 감자를 세기 시작한다.

"감자 하나, 감자 둘…."

이번엔 플릭의 남은 주먹을 치고 토저의 남은 주먹으로 간다.

"감자 셋, 감자 넷…."

그리고 다시 돌아간다.

"감자 다섯, 감자 여섯, 감자 일곱, 그만!"

토저의 오른쪽 주먹이 아웃되자— 이때 플릭은 적당히 놀라는 척한다— 그렉이 고개를 내젓는다.

"플릭 승! 토쉬, 넌 운이 나빴어."

내가 여기서 무슨 말을 하겠는가? 이건 조작된 거라고? 이 게임은 순서가 승패를 좌우하기 때문에 원리만 알고 있으면 누구나 원하는 사람을 우승자로 만들 수 있다고?

그럴 필요 뭐가 있어? 그렉과 플릭의 잘못을 들춰내서 어쩌려고? 재들은 토저의 친구지 내 친구가 아니잖아. 설사 토저가 멍청해서 저들의 속임수에 넘어간다 한들 나와 무슨 상관이지?

나는 좀 전에 풀고 있던 짐을 다시 풀기 시작한다. 그러다가 얼핏 액셀만 선생을 보았다. 그는 창문을 통해 우리 방을 지켜보고 있었다. 잠시 후 그가 방문을 열었다.

"정리는 다 됐나, 그렉 인들?"

"네, 선생님. 지금 막 침대를 정했습니다. 그렇지 얘들아?"

"그런 것 같구나. 그래, 감자 세기는 원숭이가 원하던 대로 된 거야?"

"그게 잘 안 됐어요. 아시다시피 그건 운에 달린 거라서."

액셀만 선생이 토저를 슬쩍 건너다보더니 천천히 고개를 내젓는다.

그래, 액셀만도 모든 걸 알고 있는 거야.

"원숭이와 똑똑이가 한 팀이라…. 아무래도 내가 너한테 너무 큰 짐을 떠안긴 것 같구나."

그렉은 액셀만 선생의 말에 전적으로 공감하는 표정을 짓는다. 그런데도 바꿔달라고는 하지 않는다.

갑자기 액셀만 선생이 분위기를 바꾼다.

"지금부터는 자유 시간이다. 저녁 식사는 6시 30분 정각에 할 거다."

할 일을 마쳤다는 듯 액셀만 선생은 문을 삐걱 닫고 떠난다.

나는 아무 말 없이 짐을 다 풀고 난 뒤 혼자 밖으로 나간다.

내 뒤로 그렉과 플릭이 거울을 보면서 서로의 머리 스타일을 비교하며 킬킬거리고 있다.

토저는 자기 침대에 누워 말없이 천장을 응시하고 있다.

●

"벌써 죽은 건 아닐까?"

토저가 묻는다.

나는 몸을 숙여 다시 한번 목의 경동맥을 짚어본다. 맥박은 여전히 세게 뛰고 있다.

"아냐."

"하지만 꼼짝도 안 하고 있어. 아까부터 지금까지 계속, 그렇지?"

이건 질문이 아니라 우리 둘 다 알고 있는 사실을 그냥 늘어놓은 것에 가깝다.

그러더니 이제 막 그 사실을 깨달은 사람처럼 또다시 중얼거린다.

"우리가 아래로 떨어질 때 이 사람의 머리를 친 게 분명해. 난 그 위로 떨어지지 않았어. 이건 확실해. 그도 내가 자기 위에 떨어졌다곤 말 못 할 거야. 혹시 네가 그 위로 떨어진 거야?"

"아냐."

나는 바닥 주위에 흩어져 있는 돌들을 가리킨다.

"저것들 중 하나가 원인이겠지. 어떤 것이 됐든."

"피를 많이 흘렸을까? 피를 많이 흘리면 안 좋은 거지, 그렇지?"

"응. 하지만 그렇게 많이 흘린 것 같진 않아."

이렇게 말하며 나는 헝클어진 그의 머리카락에서 작은 핏덩이를 떼어내려고 한다. 토저는 그의 발쪽으로 다가가 손전등을 비춰 본다. 하지만 나한테 와보라고 하진 않는다.

그러더니 갑자기 그가 화난 목소리로 툴툴댄다.

"너는 대체 뭐 하는 거야? 그는 이번 주 내내 널 괴롭혔어. 네 친구가 아니었다고."

그럼 이번 주 내내 내 친구는 누구였는데? 토저, 너?

아니. 딱 한 사람 있긴 하다. 하지만 그 사실을 확신할 순 없다….

•

통나무집에서 이어지는 작은 오솔길은 나무 부스러기들이 깔려 있어 부드럽고 푹신푹신했다. 나는 길을 따라가면서 아이들의 목소리와 갑작스러운 외침들로부터 멀어졌다.
걸어가면서 생각했다.

저 나무는— 지름이 몇 미터일까? 높이는? 부피는 얼마나 될까? 저것으로 성냥개비를 만들면 과연 몇 개나 만들 수 있을까?

그러고 나서 나무들과 소리들을 뒤로한 채, 호숫가의 곧 무너질 듯한 제방을 향해 빈터를 걸어가고 있었다. 그날, 나는 생애 두 번째로 지금껏 세상에 존재하는지조차 몰랐던 광경과 마주했다.
호숫가를 따라 멀리 저편으로 돌아가자 초록으로 뒤덮인 암벽들이 높이 솟아 있었다. 체다 협곡에서 보았던 것들과 똑같은 종류였다. 마치 신이 협곡을 깎아내리다 이곳에 이르러 잠시 도끼를 내려놓고 손수 땅을 파낸 것 같았다.

아니, 이것은 정말 신의 손처럼 보였다. 암벽들은 그의 손가락이고 호수의 물은 그의 손바닥에 고여 있는 물 같았다.

어떻게? 어떻게 이런 게 여기 있을까? 대체 어떻게 이런 풍경이 생겨났을까?

눈앞에 펼쳐진 이 모든 광경에 사로잡혀 나는 호루라기 소리를 듣지 못했다. 그가 바로 내 뒤에 다가와 멈출 때까지.

"길을 잃었니?"

나는 돌아서 고개를 젓는다.

"아뇨."

그가 빙그레 웃는다.

"그냥 생각에 빠져 있었던 거로구나?"

나는 액셀만 스타일의 빈정거림이 이어질 거라 예상했다. 하지만 그는 더 이상 말이 없다. 단지 눈을 돌려 넓은 호수를 바라볼 뿐이다.

나를 쳐다보지 않고 그가 말한다.

"그런데 뭘 생각하고 있었니?"

"네?"

여전히 날 보지 않은 채 그가 손을 흔든다.

"아니지, 이 모든 게 어때 보이니?"

나는 옆 눈으로 그를 슬쩍 쳐다본다. 키는 크지 않고 몸집도 큰 편이 아니다. 하지만 저 뒤에 늘어서 있는 나무들처럼 아주 단단해 보인다. 얼굴은 햇볕에 그을려 가무잡잡하고 거칠다. 평생 밖으로 나돌며 온갖 풍상을 다 겪은 사람처럼. 낡은 스웨터의 소맷단이 많이 닳아 있고 옷깃 밖으로 체크무늬 셔츠가 보인다.

"이건…"

내가 입을 여는데도 그는 주머니에서 손을 꺼내지도 않고 돌아보지도 않는다. 단지 내 쪽으로 살짝 머리를 기울일 뿐이다.

"특이하다고?"

"정말 놀라워요."

무심코 이 말이 툭 튀어나왔다.

그의 눈썹이 움찔하며 올라가는 게 보인다. 그제야 그가 나를 똑바로 바라본다.

"놀랍다고? 어떤 점에서?"

나는 적절한 말을 찾으려 애쓴다. 이유는 모르지만 기필코 설명할 말을 찾아내고 싶다.

"음… 그러니까… 바위들이 놀라운 것 같아요."

나는 손가락으로 호수를 가리킨다.

"오다가 봤던 체다 협곡에서처럼…"

그는 고개를 끄덕이고 미소를 지었다. 아무 말도 하지 않고 내가 느낀 모든 걸 말하도록 기다리고 격려하고 있다.

"분명 엄청난 힘이 필요했을 거예요. 도저히 상상이 안 돼요. 어디서부터 어떻게 계산해야 할지 엄두도 안 나고… 하지만 느낄 순 있어요…."

갑자기 나는 그를 등지고 돌아선다. 나는 그가 누군지도 모르고 방금 내가 한 말의 의미를 제대로 설명할 수도 없다. 나는 그가 어이없다는 듯 웃음을 터뜨리기만 기다린다.

하지만 그는 웃지 않는다. 대신 이렇게 말한다.

"이름이 뭐니?"

"다니엘이요. 다니엘 에드워즈."

"다니엘, 네 말이 맞아. 나도 느낄 수 있거든, 그게 무엇이든. 항상 그래왔으니까."

그가 건들건들 사라지며 다시 호루라기를 불기 시작한다. 손을 여전히 호주머니에 넣은 채. 지금껏 내가 본 사람들 중 자기 삶에 가장 만족해하는 모습이다. 정말 궁금하다. 그가 어떤 사람인지, 대체 어디서 그 행복을 발견하는지.

그가 내게서 멀어져 다시 나무들 속으로, 그 소음과 자갈 소리들을 향해 돌아가는 모습을 난 끝까지 지켜보았다.

이제 토저와 내가 처음 부딪혔던 때로 돌아가보자.

7

우리는 커다란 막사 안 긴 탁자에 둘러앉아 저녁을 먹었다. 액셀만 선생이 상석에, 로멕스와 레드로우 선생이 그의 양쪽에 각각 자리 잡고 있었다.

식사를 마치자마자 액셀만 선생은 이들에게 탁자 옮기는 걸 도와달라고 말한 뒤 우리에게 각자 자기 의자를 가장자리로 치워놓으라고 소리쳤다.

"자, 둥글게 원을 만들도록 해!"

우리가 지시대로 둥글게 모이자 그가 원 가운데로 걸어 들어왔다.

"이번 주 주제는 협동이다. 다시 말해, 더불어 사는 법을 배운다이 말이야."

그가 원 안에서 천천히 둘러본다.

"협동에서 우리가 배워야 할 첫 번째 요소는 바로 믿음이다. 서로 믿으란 말이다. 알겠나?"

"*꼬꼬댁 꼬꼬.*"

갑작스러운 닭 소리에 액셀만 선생이 고개를 홱 돌리며 누가 소리를 냈는지 살핀다.

"고맙다, 인들. 작년 이맘때 이후 그 소리를 처음 듣는구나. 그런데 틀렸어. 구이용 닭처럼 날개와 다리를 꼼짝 못 하게 묶는 게 (truss) 아니라 상대를 믿는(trust) 거야. 네 자신을 다른 사람 손에 맡기는 거지."

"아―하? 그렇게 깊은 뜻이!"

웃음소리가 하늘을 찌른다. 액셀만 선생이 늘 써먹는 방법을 동원할 때라는 뜻이다.

"원숭이, 이리 나와."

그가 토저에게 원 가운데로 나오라고 손짓한다. 이제 곧 벌어질 흥밋거리를 한순간도 놓칠 수 없다는 듯 소란스럽던 주위가 즉시 잠잠해진다.

토저가 앞으로 나와 액셀만 선생 앞에 선다. 둘이 한자리에 서 있는데, 토저의 키가 액셀만 선생과 거의 맞먹을 정도로 크다.

"창문 쪽으로 돌아서."

액셀만 선생이 토저에게 말한다.

토저는 제 앞에 있는 아이들에게 크게 웃어 보이며 지시에 따른다.

"좋아, 원숭이."

액셀만 선생이 토저의 뒤통수에 대고 말한다.

"이제, 아주 큰 소리로 대답한다. 날 믿나?"

토저가 그를 보려고 돌아서려 한다.

"난 지금 돌아서 날 보라고 말한 게 아냐!"

액셀만 선생이 소리친다.

토저가 재빨리 원위치로 돌아간다.

"원숭이, 날 믿나?"

액셀만 선생이 다시 묻는다.

"어… 네."

"확실해?"

반은 기쁘고 반은 불안한 표정으로 토저가 대답한다.

"네… 그렇습니다!"

"좋아."

이제 액셀만 선생의 태도는 침착하고 진지하다.

"그럼 지금부터 내가 지시하는 걸 그대로 하는 거다. 알겠나?"

토저가 고개를 끄덕인다.

"이제 두 팔을 양쪽으로 벌려. 그리고 자신을 널빤지라고 상상해봐."

그때 어디선가 속삭이는 소리가 들린다.

"어렵진 않을 거야. 쟤는 원래 판자처럼 둔하거든."

플릭이 일부러 다 들리도록 속삭이자 아이들 사이에서 웃음보가 터진다.

"원숭이, 네 몸을 판자처럼 뻣뻣하게 만들란 말이야! 할 수 있겠어?"

토저가 다시 고개를 끄덕이자 액셀만 선생이 말한다.

"좋아. 그럼 그대로 뒤로 넘어져봐."

"네?"

"원숭이, 날 믿는다며? 그러니까 증명해 보이라고. 어서 뒤로 넘어져! 내가 잡을 테니까."

자기도 모르게 토저가 뒤를 돌아본다. 그리고 액셀만 선생이 원래 자리에서 두 걸음 뒤로 물러서 있는 걸 본다. 그는 액셀만이 자신을 붙잡을 수 있도록 몸을 뒤로 젖혀 바닥으로 넘어져야 한다.

토저가 다시 천천히 앞쪽을 본다. 두 팔을 양옆으로 벌리자 꼭 잔뜩 겁을 먹은 허수아비처럼 보인다.

"좋아, 이제 넘어져!"

액셀만이 쏘아붙인다.

토저는 머뭇거린다.

"어서!"

두 눈을 감으며 토저가 쓰러진다…. 그러나 액셀만 선생의 팔

어딘가에 닿기도 전에 자신의 몸을 지지하려고 한 발을 옆으로 쑥 뺀다. 그는 비틀거리다 결국 팔 대신 액셀만 선생의 가슴팍으로 넘어지고 만다.

"하여간 아무짝에도 쓸모없다니까. 다시 해봐."

토저가 간신히 몸을 일으키자 액셀만 선생이 투덜거린다.

토저가 제 위치에 다시 선다.

"이번엔 제대로 해. 발꿈치를 떼지 말고! 네가 못처럼 바닥에 박힌다고 생각하란 말이야. 알겠어?"

"네… 알겠습니다…."

"넌 분명 날 믿는다고 했어. 그럼 그냥 넘어지란 말이야!"

토저가 다시 시도한다. 하지만 이번에도 넘어가다 말고 제 몸을 지키려고 한 발을 뒤로 빼버린다.

"야, 원숭이! 여기서 우리한테 주어진 시간은 단 일주일뿐이다. 알겠나."

이제 액셀만 선생은 화를 내고 있다.

"다시 해!"

그러나 토저는 같은 실수를 또 되풀이하고 만다. 이번엔 머리로 액셀만 선생의 어깨를 쿵 박아버렸다.

마침내 액셀만 선생이 포기한다. 신발 안쪽에서 계속 거슬리던 걸 막 발견한 듯한 눈초리로 그를 바라본다.

"원숭이, 넌 정말 무용지물이야. 시간만 버렸잖아. 네 자리로 돌아가!"

그리고 우리를 향해 말한다.

"다들 대충 감은 잡았겠지? 각자 자기 팀원 중 한 사람과 짝을 짓도록 해. 잘 이해했는지 어디 한번 볼까?"

"그렉, 너랑 내가 짝이잖아."

플릭이 재빨리 말한다.

그렉이 내 쪽을 쳐다본다.

"대니 보이, 너는 토쉬하고 잘해봐. 행운을 빈다!"

내가 토저와 마주섰을 때 액셀만 선생이 우리 쪽으로 다가왔다.

"이야, 누가 짝이 됐나 했더니 공포의 커플이로군. 원숭이, 나보다는 여기 이 똑똑이를 더 믿을 수 있을 거다. 그리고 똑똑이, 넌 포수야. 잘 붙잡도록 해."

주위의 다른 쌍들은 열심히 연습 중이다. 액셀만 선생은 지나가며 플릭이 그렉 인들의 팔로 완벽하게 넘어지는 걸 본다.

"아주 좋아."

그가 우리 쪽으로 돌아선다. 토저는 꿈쩍도 하지 않고 있다.

"야, 넌 대체 뭘 기다리는 거야?"

"쟤는 날 못 받고 떨어트릴 것 같아요."

"오, 믿음이 적은 자들아!"

액셀만 선생이 탄식한다.

"앤 널 떨어트리지 않을 거야. 그렇지, 에드워즈?"

"네."

내가 대답한다. 그건 확실하다. 토저가 나보다 키도 크고 몸무게도 훨씬 많이 나가지만 난 성공할 수 있는 법을 찾아냈다.

토저가 날 쳐다본다.

"떨어트리지 않는 게 좋을 거야. 명심해."

"자, 어서 해봐."

경쾌하게 껌을 씹으며 액셀만 선생이 말한다.

토저가 천천히 내게 등을 보이며 돌아선다. 내가 그 뒤에 자리를 잡는다. 나는 정해진 거리보다 더 가까운 곳에 서 있을 생각이다. 이건 간단한 수학 원리다. 무게 중심의 원리. 그가 너무 멀리 떨어지지만 않는다면, 그의 몸무게 대부분이 내 팔이 아니라 그의 다리 쪽에 실릴 것이다. 그러니 내가 두 팔에 힘을 주어서 받는다면 잘 대처할 수 있을 것이다.

픽도 그렇겠다!

"뒤로!"

내가 어디 서 있는지 확인하려고 토저가 돌아보자 액셀만 선생이 말한다.

"네?"

"못 들었어? 뒤로 가라고. 두 걸음 더 물러서란 말이야."

"그럼 재를 지탱할 수 없을 거예요."

"아니, 넌 할 수 있어. 날 믿으라니까?"

그는 지금 분명한 의도를 갖고 있다. 자신의 의도를 확실하게 하기 위해 그는 나를 아주 멀찍이 떨어트려놓는다. 그리고 이제 토저 앞에 선다.

"원숭이, 이번엔 제대로 해야 돼, 알겠어? 자, 양팔을 벌려."

액셀만 선생이 토저 옆으로 이동한다. 그런 다음 토저가 발을 움직일 수 없게 다리를 뻗어 토저의 발뒤꿈치에 바싹 갖다 댄다. 이제 토저는 전처럼 한 발을 밖으로 빼낼 수 없다.

"준비…."

액셀만 선생이 말한다.

제발 액셀만 선생이 눈치채지 않기를 바라며—절대 그럴 리는 없겠지만—난 앞쪽으로 살짝 움직인다. 이렇게 하지 않으면 결코 그를 떠받칠 수 없다.

"몸에 힘을 줘…."

바로 이때, 우리 둘 중 누구도 준비되지 않은 이때, 액셀만 선생이 손을 들어 올려 토저의 가슴을 밀쳐버린다.

내가 몸을 긴장시켜 대비하기도 전에 토저가 뒤로 넘어진다. 그가 당황해 두 팔을 허우적대기 시작한다. 나한테 쿵 처박히면서도 여전히 팔을 휘젓는다. 잠시 나는 그를 잡았다고 생각한다. 그러나 액셀만 선생의 밀치기로 내 계산에 착오가 생겨버렸다. 너무 세게 밀친 것이다.

내 두 팔은 버티지 못하고 다리마저 풀려 주저앉아버린다. 내가 미처 깨닫기도 전에 토저의 몸이 바닥을 치고 나는 그의 몸 위로 넘어진다.

"이 괴짜야!"

토저는 이렇게 소리칠 뿐이다. 그뿐이다. 하지만 나머지 아이들은 일순 조용해진다. 주위의 모든 이들이 무슨 일인지 보려고 고개를 돌린다. 그리고 우르르 몰려와 마치 우리가 스크럼 한가운데 있는 럭비공이라도 되는 양 우리를 빙 둘러싸고 내려다본다.

나는 얼굴들을 올려다본다. 모두들 웃고 있다. 단 한 사람, 액셀만 선생만 빼고.

"똑똑아, 네가 원숭이의 믿음을 저버린 것 같구나."

그가 말한다. 토저는 씩씩거리며 나를 옆으로 밀치고 재빨리 일어난다.

"이젠 원숭이가 널 믿지 않을 것 같은데?"

내 머릿속엔 단 한 가지 생각만 스쳐 지나간다.

액셀만, 나도 당신을 믿지 않을 거야.

•

"저 위에 분명 바위 턱이 있을 거야."

어둠 속에 우두커니 앉아 나는 혼잣말처럼 내뱉는다. 문득 이 생각이 떠오르자마자.

물은 암벽을 타고 흘러내리지, 비처럼 떨어지지 않아. 물이 아래로 곧장 떨어지려면 그 출발 지점에 뭔가가 불쑥 튀어나와 있어야만 해.

토저가 즉시 손전등을 위로 비춘다.

"어디?"

"물방울이 떨어지기 시작하는 지점."

"아니, 그게 어디냐고!"

손전등을 이리저리 휘둘러대며 그가 소리친다.

그래봐야 소용없다. 불빛이 전혀 닿질 않는다. 저 위에서 내리비치는 희끄무레한 빛도 전혀 도움이 되질 않는다.

나도 내 손전등을 꺼내 잠시 켜본다. 토저의 손전등 보다는 밝지만 우리를 덮은 어둠을 뚫고 지나가기엔 충분치 않다.

"너무 어두워서 어딘지 잘 모르겠어. 분명 우리가 들어왔던 입구 맞은편일 거야. 저 위의 높은 곳."

"그렇게 높지 않을지도 몰라."

토저의 목소리가 희망으로 들떠 있다.

"어쩌면 조금만 올라가면 될지 몰라. 우리 중 한 명은 닿을 수 있어. 일단 가보면 출구가 있겠지. 내가 올라갈게. 너보단 빠르잖아. 그럼 구조를 요청할 수 있을 거야. 곧 널 구하러 올게."

토저는 바닥에 있는 형체를 가리키며 말한다.

"그리고 저 사람도."

"우리 눈에 바위 턱이 안 보인다는 건 우리가 오르기에 너무 높다는 뜻이야."

내가 심드렁하게 대꾸한다.

"네가 어떻게 알아?"

"잘 봐!"

내가 손전등을 다시 위로 비춘다. 빛줄기가 우리 위로 약 2미터쯤 뻗어나간다. 하지만 그 이상은 아니다. 저 위에 닿기도 전에 어둠에 먹혀버리고 만다.

나는 다시 전등을 끈다. 이제 우리에게 남은 건 토저가 들고 있는 손전등의 무기력한 불빛뿐이다.

"네 것도 꺼. 전지가 닳잖아."

"잔소리 집어치워!"

역시 덩치만큼 용감해, 토저.

"꺼야 해."

내가 말한다.

그가 희미한 불빛을 다시 아래로 돌려 바닥에 누워 있는 형체의 감겨진 눈꺼풀을 비춘다.

"그러고 싶지 않아."

그런 토저를 보고 있자니 내 안 어딘가에서 분노가 솟아오르기 시작한다. 전에는 결코 경험하지 못했던 그런 분노다.

그는 지금 날 속이고 있다.

강인한 토저.

겁 없는 토저.

나는 지금 난생처음으로 그가 강해지길 바라고 있다. 그가 겁 없고 용감무쌍하다는 걸, 세상 그 어떤 것도 두려워하지 않는다는 걸 내게 보여주길 바라고 있다.

하지만 그는 결코 겁 없는 사나이가 아니다. 두려워하고 있다.

지금 날 속이고 있어.

"어서 끄라니까!"

내가 날카롭게 소리친다.

나조차도 알아채지 못한 목소리에 깜짝 놀란 토저가 날 보려고 불빛을 위로 쳐든다. 뭔가를 말하려는 듯 그의 입이 벌어져 있다.

하지만 말하지 않는다. 단 한 마디도 하지 않고 스위치를 끈다.

칠흑 같은 어둠이 눈가리개처럼 다시 우리를 덮어씌운다.

눈가리개처럼… 그리고 토저는 내게 깨달음을 주었다.

8

그날은 화요일 아침이었다.

아침 식사를 마치고 자유 시간을 좀 가진 뒤, 우리는 커다란 막사에 다시 모였다. 이번에도 긴 탁자가 놓여 있었다. 하지만 그 위에는 접시와 날붙이 류가 아닌 여러 장비들이 늘어져 있었다. 그리고 낯선 인물 하나가 눈에 띄었다. 호숫가에서 만났던 바로 그 사람. 액셀만 선생이 그를 소개했다.

"제군들."

우리가 귀빈이라도 되는 양 정중한 말투로.

"존 매튜 씨를 소개하도록 하지."

이 낯선 인물은 우리 모두를 단번에 끌어들일 듯한 눈빛으로 주위를 빙 둘러본다.

"그냥 로니라고 부르세요."

그가 조용히 말한다.

그러나 액셀만 선생은 입을 꾹 다문 채 되풀이한다.

"존 매튜 씨는⋯ 무슨 사연이 있는지 모르겠지만 로니라고 불리는 걸 좋아하신다."

"우리 어머니께서 그렇게 부르셨지요."

작은 웃음소리가 탁자 주위로 퍼져나간다. 액셀만 선생도 미소를 짓고 있다. 하지만 아주 잠깐 머물렀다 사라질 뿐이다.

"매튜 선생님, 그러니까 로니는 이곳 관리인이시다. 나도 알지 못하는 아주 오래전부터 이곳에 계셨다. 모르긴 해도 아마 노아가 이 호수에서 방주를 시험하던 때부터였을 것이다. 맞나요, 로니?"

액셀만 선생은 기선을 제압하려고 애쓰고 있지만 별 효과가 없다. 로니는 동의의 뜻으로 고개만 끄덕일 뿐이다.

"23년째지요."

"관리인이 무슨 일을 하는지 궁금하냐? 대답은 '모든 것'이다. 안내, 장비 수리, 또⋯ 요리와 허드렛일까지. 한마디로 사장 겸 사원 겸 인턴이라 할 수 있지. 따라서 허드렛일을 할 필요가 있거나 무엇이든 혼자 도맡아 할 일이 생겼을 때 로니에게 도움을 청해라. 로니는 너희들의 남자다."

더 많은 웃음이 터진다. 이번엔 액셀만 선생의 유머가 통했다. 그러자 그의 표정이 한결 만족스러워 보인다.

"아무튼 무슨 문제가 생기면, 여기 로니가 해결해줄 것이다. 그렇다 해도, 다들 어떤 문제도 발생하지 않도록 노력해주길 바란다. 알겠나?"

그리고 잠시 우리를 내려다본다. 우리한테 각인시키려는 건지 로니한테 각인시키려는 건지 아무도 모를 일이다. 한두 명이 작게 중얼거린다.

"네."

나는 두 사람을 쳐다본다. 한 사람, 액셀만은 무심한 척 지휘하려 애쓰고 있다. 그러나 다른 한 사람, 로니는 전혀 애쓰지 않는데도 분위기를 압도하고 있다.

로니가 장비들이 잔뜩 널려 있는 긴 탁자를 가리킨다.

"액셀만 선생님, 모든 준비가 끝났어요. 시작하시지요."

액셀만 선생이 그에게 무뚝뚝하게 고개를 끄덕이고 우리 쪽을 돌아본다.

"다들, 잘 들어라. 여기서 각자 필요한 것들을 하나씩 고른다. 특히 배낭을 잘 고르도록."

아이들이 배낭 쪽으로 우르르 몰리자 그가 소리친다.

"저쪽에 있는 건 그 배낭 안에 들어가야 할 모든 것들이다."

로멕스와 레드로우 선생이 허둥지둥 주위를 뛰어다니며 어수선한 상황을 정리하는 동안 액셀만 선생은 한쪽 구석에 자리를 잡고 앉는다. 꼭 새해맞이 할인 판매라도 하는 것 같다. 나는 간신히 괜찮은 배낭 하나를 찾아냈다. 양쪽에 주머니가 달려 있고 파란색 바탕 천도 거의 해지지 않았다. 이어 나침반, 지도, 호루라기, 손전 등을 집어 든다.

로멕스 선생이 셀로판지로 싼 점심 도시락을 내 팔에 떨어트리고 간다. 음료 담당인 레드로우 선생은 작은 오렌지 주스 팩을 들고 나를 향해 오고 있다. 사이펀*의 원리를 보여주는 팩이다. 저 빨대를 빨다 멈출 때 주의하지 않으면 내용물이 사방으로 뿜어 나와 뜻하지 않은 주스 세례를 받게 될지도 모른다.

탁자 한쪽에는 신발과 방수복이 놓여 있다. 로니가 일을 거들고 있다. 그가 내 발 크기를 묻더니 하이킹화를 건네준다. 신발 안쪽에 깨끗하고 푹신한 양말이 하나씩 끼어 있다.

다음은 방수복, 비옷 상의와 바지를 고를 차례다.

"원숭이, 그건 지금 입지 마라."

토저가 비옷 상의 하나를 힘겹게 끌어올리자 액셀만 선생이 소리친다. 아주 큼직한 밝은 오렌지색 비옷이다.

"양말과 신발은 신고 나머지는 모두 가방에 챙겨 넣도록 해."

나는 조용한 구석으로 가서 내 물건들을 죄다 늘어놓았다.

로니는 신발을 모두 나눠준 뒤 주위를 돌아다니기 시작한다. 그가 그렉 인들에게 무슨 말을 한다. 그렉은 로니가 다른 데로 가자

---

* 대기의 압력을 이용하여 액체를 하나의 용기에서 다른 용기로 옮기는 데 쓰는 관.

어깨를 으쓱하며 얼굴을 찌푸린다. 내가 알아채기도 전에 로니가 내 옆으로 와 무릎을 꿇고 앉는다.

"다니엘, 내가 너라면 그것들을 다른 순서로 꾸렸을 거야."

내가 물건들을 주섬주섬 가방에 넣기 시작하자 그가 조용히 말한다.

그가 내 이름을 기억하고 있다는 사실이 뇌리를 스친다. 내가 묻는다.

"왜요? 어떻게 넣든 무슨 상관이겠어요? 그래봐야 마찬가지일 것 같은데요."

액셀만 선생이라면 이 말에 노발대발했을 것이다.

나는 '내가 그렇게 하라고 했기 때문이야…'가 나오길 기다린다.

하지만 이 말은 끝내 나오지 않는다. 대신 그는 이렇게 말한다.

"왜냐하면 그렇게 꾸리는 게 더 편하거든."

"어떻게요?"

내가 지금 그를 시험하고 있는 건가? 잘 모르겠다. 아무튼 그랬다면 그는 합격이다.

"우선 가장 필요한 것들을 손 닿기 쉬운 곳에 두어야지. 위급할 때 이것들이 정확이 어디 있는지 네가 알 수 있도록 말이야."

효율적인 질문에 효율적인 대답.

그가 내 배낭 양쪽 주머니를 툭툭 치며 말한다.

"왼쪽은 식량, 오른쪽은 구명(救命)이야."

로니가 지켜보는 가운데 나는 점심 도시락과 아껴두었던 초콜릿 바를 왼쪽 주머니에 넣었다. 오른쪽엔 지도와 나침반, 다른 이들과 연락이 끊겼을 때 사용하라고 받은 호루라기도 넣는다.

"그리고 손전등도."

"왜죠?"

"알다시피 그것도 네 생명을 구할 수 있거든."

그가 바닥에 널려 있는 나머지 물건들을 살펴본다.

"그밖에 다른 것들을 쌀 때 기억해야 할 건 '마놈먼나'야."

내가 그를 쳐다본다.

"줄임말이에요?"

그의 얼굴에 살짝 미소가 떠오른다.

"맞아. 가장 마지막에 들어온 놈이 가장 먼저 나간다는 뜻이지. 다시 말해, 너한테 가장 필요한 물건을 가장 마지막에 싸라는 뜻이야."

"가장 필요한 게 뭔데요?"

그가 주위를 둘러보더니 내 공책을 집어 든다. 내 비옷 상의 끄트머리에, 꾸려질 순서를 기다리며 놓여 있던 것이다.

"이건 무슨 공책이지?"

당황한 내가 얼른 손을 뺀다.

"아무것도 아니에요. 그건 내 거예요."

로니는 고개만 끄덕일 뿐 공책을 펼치려고도 들여다보려고도 하지 않는다.

그는 곧바로 내게 건네준다. 하지만 이것이 내게 아주 소중한 물건이라는 것은 알아챘다.

"아주 많이 썼나 보지?"

긴장을 풀며 내가 중얼거린다.

"네, 아주 많이요."

"그럼 당연히 맨 위에 꾸려야겠구나, 그렇지?"

•

우리는 오전 내내 행군을 했다. 나로선 나름 즐거웠다.

액셀만 선생은 용감한 개척자마냥 힘차게 앞서 나갔다. 그렉과 그 패거리가 액셀만 선생의 뒤를 바싹 따라붙어 가고 있을 때, 나는 멀찍이 떨어져 혼자 걸었다. 멀리 보이는 안전 표시등을 보며 나침반 방위를 규칙적으로 확인하며 즐겁게 걸었다.

우리는 확 트인 공터를 가로지르며 숲속의 길을 따라 계속 걸어갔다. 나무가 빽빽이 우거진 숲 가장자리를 따라가자 액셀만 선생이 정지를 명했다.

플릭 해리스가 연기하듯 비틀거리며 길을 벗어나더니 큰 나무들 앞에 펼쳐진 넓은 풀밭 위로 푹 쓰러졌다. 그렉 인들도 발이 아파 죽겠다고 앓는 소리를 내며 그 뒤를 따랐다. 토저도 이들을 그대로 따라 했다.

"벌써부터 이러면 어떡해. 조금 있으면 진짜 앓는 일이 생길 텐데."

액셀만 선생이 주의를 주더니 나무들을 마주하고 크게 소리친다.

"점심시간이다!"

그렉 패거리가 배낭을 내려놓고 찌그러진 주스 팩과 납작해진 셀로판지 도시락을 꺼내고 있었다.

왼쪽은 식량, 오른쪽은 구멍.

나는 지도와 나침반을 잘 넣어둔 다음 뭉개지지 않은 내 몫의 도시락을 꺼냈다.

우리가 식사를 마치자 액셀만 선생이 자리에서 일어났다. 무엇을 먹든 그의 식사는 항상 새로운 껌을 씹는 것으로 마무리되었다. 그의 턱은 초과 노동을 하고 있었다.

"자, 이제 두 번째 활동을 할 시간이다."

그새 마술이라도 부렸는지 그가 손에 검은 띠 한 묶음을 쥐고 있었다. 그는 풀밭에 앉아 있는 우리 사이를 돌아다니며 그 띠들을 던져주었다.

그중 하나가 내 무릎에 떨어졌다.

"각자 파트너를 데려온다!"

마치 댄스파티를 선언하듯 그가 소리친다. 그리고 나를 힐끗 내려다보더니 큰 대자로 누워 있는 토저에게 눈을 돌린다.

"야, 원숭이! 이쪽으로 와!"

토저가 육중한 덩치를 힘겹게 일으켜 우리 쪽으로 느릿느릿 걸어오기 시작했다.

"동작 봐라. 냉큼 뛰어오지 못해!"

액셀만 선생이 소리친다. 토저도 나와 같은 기분인 것이다.

"왜 접니까?"

내가 액셀만 선생에게 따진다.

"왜 제가 토저와 짝이냐구요?"

액셀만 선생이 나를 빤히 쳐다본다.

"왜냐하면 너흰 궁합이 아주 잘 맞는 천생연분이기 때문이지."

그가 전체를 향해 큰 소리로 지시하기 시작한다.

"지금부터 우리가 행군해왔던 길로 되돌아간다. 이 나무들을 뒤로하고 다시 공터로 향하는 거다, 알겠나? 방금 눈가리개를 받은 사람들은 그걸 자기 파트너에게 씌우도록 해라."

내가 토저에게 다가가 검은 띠로 눈을 가리고 머리 뒤에서 매듭을 짓는 동안 그는 단 한 마디도 하지 않았다.

액셀만 선생은 이리저리 돌아다니며 무시무시한 군대 지휘관처럼 눈가리개를 점검하고 있다.

"이번 활동 역시 믿음을 기르기 위한 훈련이다."

모든 게 만족스럽게 준비되자 그가 소리친다.

"너희 중 눈가리개를 한 사람은 자기 파트너의 말대로 움직이면 된다. 반드시 그대로 따라야 한다. 다시 말해 상대를 완전히 믿으란 뜻이다, 알겠나?"

"네!"

다양한 대답 소리가 들린다.

토저는 아무 말도 하지 않는다.

액셀만 선생이 우리 쪽으로 다가온다.

"알아들었나, 원숭이? 어제 식당에서 뒤로 넘어지기 할 때부터 알아봤지만 네겐 이게 무척 힘들 거다. 하지만 그래도 이 똑똑이를 믿어야 해, 알겠어?"

"네."

액셀만이 나머지를 향해 다시 소리친다.

"그리고 눈가리개를 하지 않은 사람들은 자기 파트너를 목적지까지 잘 인도해야 한다. 최대한 친절하고 명확하게 지시해주도록 해라. 알아들었나?"

알아들은 사람은 아무도 없는 것 같았다. 우리 앞으로 펼쳐져 있는 것은 길의 다른 쪽과 맞닿아 있는 넓은 공터다.

앞으로, 앞으로, 앞으로. 그냥 가면 되잖아, 뭐가 문제야?

하지만 나는 좀 더 잘 알고 있어야 했다.

"자, 안내자들은 자기 파트너를 돌려세워라."

나는 액셀만 선생을 쳐다본다.

"알아들었지, 똑똑아. 원숭이가 저 나무들을 마주 보도록 세워 놓으면 되는 거다."

천천히 나는 토저를 돌린다. 액셀만 선생이 내 뒤로 다가오더니 그의 등을 툭 친다.

"안내자들은 들어라. 너희 임무는 자기 파트너가 저 나무들을 안전하게 지나가도록 이끄는 것이다. 반드시 저곳을 통과해야 한 다. 빙 둘러 가면 안 된다는 뜻이다, 알겠나? 졸졸 따라갈 오솔길 도 없고 우리 버스가 있는 방향도 알 수 없다. 오직 저기를 통과해 야 한다. 이제, 다들 준비됐으면— 출발!"

나와 토저를 바라보던 액셀만 선생은 껌을 씹고 활짝 웃으며 "행운을 빈다, 원숭이"라고 덧붙인다.

우연의 일치일까? 아마 다른 아이들도 다 비슷한 위치에 서 있 을 것이다. 그런데 내가 앞쪽을 주시하는 동안, 액셀만 선생이 토 저를 조심스레 돌려놓는 게 보인다. 이 숲에서 가장 크고 가장 위 험해 보이는 나무를 정면으로 마주 보게 만든 것이다. 나무 밑동 양쪽으로는 굵은 가지들이 낮게 뻗어 있다. 바닥엔 낙엽들이 쌓여 있고, 그 위로 부러진 가지들이 먹잇감을 기다리는 악어 떼처럼 뾰죽뾰죽 솟아 있다.

"그런데 지금 어디로 가는 거야?"

토저가 마침내 입을 연다.

"앞으로."

내가 대답한다.

토저는 천천히 숲을 향해 걸음을 떼기 시작한다.

"앞으로 가, 계속."

그가 한 걸음씩 뗄 때마다 나무가 가까워진다. 그럴수록 그것의 가지들이 더 크고 더 위험해 보인다. 게다가 그 앞에 내가 미처 알아채지 못한 가늘고 어린 묘목 하나가 있었다.

자, 잘 생각해봐. 충분히 풀 수 있어. 머리를 굴려보라니까.

갑자기 답이 떠오른다. 이건 순전히 치수와 각도의 문제다. 다시 말해 3차원 퍼즐일 뿐이다.

"왼쪽으로 20도."

내가 말한다. 이렇게 하면 그가 묘목을 지나치게 될 것이다.

"뭐?"

"왼쪽으로 20도 틀란 말이야."

토저가 왼쪽으로 몸을 돌린다. 하지만 충분치 않다.

"조금만 더. 10도쯤 더 돌려봐."

그가 왼쪽으로 조금 더 돌린다. 하지만 여전히 충분치 않다.

내가 또 다른 지시를 주기도 전에 묘목에서 뻗어 나온 가지 하나가 토저의 어깨를 치고 튀어 올라 그의 얼굴을 후려친다. 그가 욕설을 내뱉는다.

"거봐, 좀 더 돌라고 했잖아. 다시 왼쪽으로 10도쯤 더 돌아."

토저가 몸을 왼쪽으로 홱 돌리기 시작한다. 내가 원하는 각도에 이르자 나는 규정을 어기고 더 많이 돌지 못하게 손으로 그를 잡아 세운다.

"붙잡는 건 안 돼, 에드워즈!"

우리를 지켜보고 있던 액셀만 선생이 호통친다.

"말로만 지시해!"

"…앞으로 가."

내 말에 토저가 다시 움직인다. 그는 이제 두 팔을 앞으로 나란히 뻗고 있다.

"5미터쯤 앞에서 멈춰야 할 거야."

토저는 천천히 발을 끌며 나아간다.

"앞으로, 앞으로… 멈춰."

나는 육중한 나무 밑동 한쪽으로 그를 이끌었다. 무릎 높이쯤에 굵은 가지가 하나 있다. 그리고 가슴 높이쯤에 매우 굵진 않지만 나름대로 굵직한 또 다른 가지가 뻗어 있다. 만일 그가 이 가지들

중 하나에 부딪친다면 몹시 아플 것이다.

"잘 들어. 지금 네 앞에 굵은 나뭇가지 두 개가 있어. 위에 것 아래로 지나가려면 50센티미터쯤 머리를 숙여야 해. 그리고 아래쪽 가지는 높이가 66센티미터쯤 돼. 무슨 말인지 알겠어?"

토저는 아무 말도 하지 않는다. 단지 앞에 무엇이 있는지 더듬어보려고 몽유병자처럼 두 팔을 앞으로 뻗을 뿐이다. 액셀만 선생이 쏜살같이 달려온다.

"그렇게 더듬는 건 안 돼! 안내자의 말에만 따르라고 했잖아."

그는 궁지에 몰린 토저의 상황을 즐기는 것 같다.

"이제 앞으로 가, 원숭이. 넌 저 똑똑이가 지시하는 대로만 가면 된다고."

"몸을 50센티미터쯤 숙여. 그리고 발을 66센티미터 높이로 들어 올려."

내가 반복한다.

토저가 몸을 숙인다. 하지만 충분치 않다. 살살 앞으로 이동하며 발을 들어 올리지만 역시 충분치 않다. 그의 발이 아래쪽 가지에 걸린다. 그리고 위쪽 가지에 머리를 들이받으며 앞으로 고꾸라진다.

액셀만 선생이 신이 나서 지켜보고 있다. 토저가 낙엽에다 얼굴을 처박자 그제야 고개를 돌린다.

"선수 교체!"

이 소리의 여운이 가시기도 전에 토저가 눈가리개를 벗어버린다. 그리고 벌떡 일어나 손가락 끝에 걸어 쑥 내민다.

"이번엔 네 차례야, 괴짜. 돌아서."

뒤로 다가와 그가 내 눈에다 눈가리개를 대고 꽉 동여맨다. 뒤통수의 매듭이 머릿속으로 파고드는 것만 같다. 그가 내 어깨를 잡고 앞으로 밀친다. 그런 다음 내가 지나왔던 길을 마주 보도록 돌려세운다.

내 앞에 뭐가 있는지 그려보는 건 조금도 어렵지 않다.

어린 묘목, 토저를 이끌어 지나가게 만들려고 했던 그 나무. 지금 내 앞에 있는 것들이다.

토저가 나를 돌려 세울 때마다 그의 손가락이 내 어깨를 파고든다. 반 바퀴. 반 바퀴. 또다시 반 바퀴.

나는 그를 마주 보고 있다. 눈가리개를 통해 따분해하는 그의 눈이 느껴진다.

한 번 더 반 바퀴.

나는 지금 내가 출발했던 곳, 내가 토저를 이끌었던 그 길을 마주

보고 있다. 그는 자신이 받은 대로 갚아줄 것이다.

"준비됐지, 괴짜?"

토저의 목소리가 뒤에서 날아든다. 나는 그의 얼굴을 보고 있다고 상상할 뿐이다. 이 때문에 그의 목소리가 평소보다 훨씬 더 위협적으로 들린다.

"네 탓이었어. 난 제대로 말했어…."

내가 말한다.

"말했다고? 나한테? 천만에! 괴짜, 넌 나한테 아무것도 말하지 않았어. 이제, 네 차례야."

내가 이미 알아낸 것을 그가 말하기 시작한다.

"네 앞에 나무가 있어, 아주 큰 나무야. 크고 단단한 가지들이 사방에 어지럽게 흩어져 있어, 너도 알지? 세게 부딪치면 정말 다칠 수도 있어. 괴짜, 넌 이 나무를 지나 곧장 앞으로 가야 해."

그가 두 손을 내 어깨에서 뗀다. 나는 기다린다.

"이제 앞으로 가. 조심조심 천천히."

나는 움직이기 시작한다. 보복성 지시에 대비해 마음을 단단히 먹지만 대신 토저의 목소리가 다시 들린다.

"10시 방향으로 전진."

깜짝 놀라 내가 멈춘다.

"뭐라고?"

"10시 방향이라고!"

그가 내 귀에다 소리친다.

"괴짜, 너 시계 볼 줄 몰라? 12시 방향이 앞으로 쭉 가는 거야.
난 방금 10시 방향이라고 했어."

나는 왼쪽으로 몸을 튼다. 좀 더 느린 걸음으로, 여전히 긴장을
늦추지 않은 채 뭔가가 불쑥 나타나 나를 칠 거라고 예상하며 앞
으로 나아간다.

"11시 방향."

나는 다시 반쯤 몸을 돌린다.

"앞으로, 계속 앞으로."

한 걸음. 또 한 걸음. 그 어린 묘목 근처에 온 것이 분명하다. 그
는 지금 내가 이 나무를 곧장 들이받도록 이끌고 있다. 나는 두려
워 걸음을 멈춘다.

"앞으로 전진!"

다시 움직이는 순간 내 머리를 스치는 가지의 흔들림이 느껴진
다. 어린 묘목이다, 틀림없이. 토저의 얼굴을 쳤던 그 가지다. 토저
는 복수하지 않고 내가 이걸 무사히 지나치도록 이끌었다.

12시 방향⋯ 10시 방향⋯ 11시 방향.

내가 지껄인 모든 수치와 각도가 토저에겐 결국 아무것도 아니

었던 셈이다. 잘못된 지시는 아니었다. 단지 그가 이해하지 못했을 뿐이다. 나는 내 방식대로 설명했지만 그에겐 아무 의미 없는 소음일 뿐이었다.

그리고 이곳에 그가 있다. 동네북처럼 이리 차이고 저리 차이는 학교 전체의 어릿광대. 지금 그가 자기 방식대로 말하고 있다. 그리고 난 그의 말을 제대로 이해한다. 왜? 그가 괴짜의 언어로 말하고 있으니까. 이것이 그 답이다. 그는 지금 누구라도 이해할 수 있는 언어로 말하고 있다.

나는 여전히 앞으로 나아가고 있다.

"멈춰!"

나는 지금 굵직한 가지들이 늘어져 있는 큰 나무 앞에 서 있다. 그런데 좀 전에 그가 있었던 곳과 똑같은 위치는 아닌 것 같다. 내 느낌으론 그렇다. 그 가지들이 더 높이 있을지도 모른다. 아니면 더 낮거나.

"3시 방향."

나는 오른쪽으로 몸을 튼다.

이제 나는 그 가지들과 나란히 서 있다. 이것들은 얼마나 높을까? 또 얼마나 낮을까?

"두 다리를 쭉 펴고 두 손을 무릎 위에 올려놔."

나는 아무 생각도 하지 않는다. 그가 내게 몸을 구부리라고 지시하고 있음을 의식하지 못한 채 그저 들리는 대로만 할 뿐이다.

"좋아, 지금 네 머리는 충분히 낮게 있어. 위쪽 가지에 안 부딪히고 지나갈 만큼 충분히 낮아."

그 지시에는 어떤 미터도, 센티미터도 없다. 당연히 분수도 없다.

"머리를 움직이면 안 돼. 왼쪽 다리 들어 올려."

내가 그렇게 하자 다시 말한다.

"됐어, 충분해. 그걸 왼쪽으로 틀어. 이제… 내려."

나는 지금 말안장에 올라타듯 엉거주춤한 자세로 그 가지를 다리 사이에 걸치고 있다.

"이번엔 오른쪽 다리야. 들어 올리고… 됐어. 넘어가."

나는 그 가지를 넘었다. 하지만 더 높은 가지가 바로 내 머리 위에 있는 게 분명하다. 만일 토저가 나에게 똑바로 서라고 지시하면….

"아직 무릎에서 손을 떼지 마. 그 상태에서 옆으로 가는 거야. 내가 그만 가라고 할 때까지. 하나, 둘, 셋, 넷. 그만. 똑바로 서."

천천히, 천천히, 나는 몸을 곧게 세운다. 머리에 무엇인가가 탁

부딪칠 거라 예상하면서. 하지만 그런 일은 일어나지 않는다. 드디어 통과했다. 토저가 해냈다. 내가 나무를 통과하게 만들었다.

"다시 12시 방향으로."

"뭐라고? 왜?"

토저의 목소리는 이전처럼 무뚝뚝하다.

"수업은 아직 안 끝났어, 괴짜. 다시 12시 방향으로 가."

나는 왼쪽으로 몸을 튼다.

다시 앞을 똑바로 보고 숲을 향해 전진한다. 거기 뭐가 있었지? 기억이 나질 않는다.

"앞으로. 하나, 둘, 셋…."

토저는 다시 나를 이끌기 시작하고 나는 그의 지시에 따른다. 발아래 느껴지는 낙엽들이 부드럽고 푹신푹신하다.

"2시 방향."

토저의 지시에 따라 오른쪽으로 몸을 돌린다.

"1시 방향."

다시 왼쪽으로 돌린다. 내 팔에 뭔가가 스친다. 다시 한 걸음 나아가자 다른 쪽 팔에도 똑같은 감각이 느껴진다. 가지들이다. 두 나무의 가지들. 그럴 마음만 있었다면 그는 내가 이 둘 중 하나와 충돌하도록 이끌 수 있었다. 충분히. 하지만 그러지 않았다. 단지

이 두 나무 사이로 이끌었을 뿐이다.

"다시 11시 방향. 하나, 둘, 셋…."

나는 토저의 명령에 따라 고분고분 앞으로 나아간다. 내 안에서 어떤 감정이 자라나기 시작한다. 이런 일이 일어나고 있다는 게 믿기지 않는다.

나는 그를 믿는다.

그가 몸을 숙이라고 말한다. 나는 그대로 한다. 돌라고 하면 돌고, 몸을 세우라고 하면 세운다. 이제 그의 눈이 곧 내 눈이다.

나는 그를 믿는다.

"10시 방향. 계속 가, 괴짜. 하나, 둘, 셋, 넷…."

나는 그를 믿는다.

처음엔 고통을 느낄 수 없었다.

아무 생각 없이 뜨거운 것을 집었을 때처럼.

그게 무엇인지 알게 되는 데, 뇌가 그 상황에 적응하는 데 몇 초가 걸리는지, 다들 잘 알고 있으리라. 내 경우가 그러했다.

그리고 갑자기 고통스러운 감각이 등장했다. 마치 수천 개의 발톱에 둘러싸여 있는 것 같았다. 그것들이 내 옷을 갈기갈기 찢고 살갗을 파고들고 있다. 나는 돌아서려 하지만 그것들이 내 뒤에도 있다. 내 길을 막아서고 내가 움직이려 할 때마다 잡아 뜯을 듯 덤벼든다. 나는 두 팔을 휘저어보지만 아무 소용이 없다. 움직일 때마다 고통만 더할 뿐이다. 보이지 않는 또 다른 발톱들이 공격에 가담할 뿐이다.

나는 도움을 청하려고 소리를 지른다.

그러나 토저는 돕기를 멈췄다.

나는 머리를 양손에 닿도록 숙인다. 내가 다시 볼 수 있도록 손가락으로 눈가리개를 거칠게 잡아당겨버린다.

그리고 나는 본다. 토저가 멋지게 복수했음을. 그는 조심스럽고, 능숙하고, 완벽하게, 내가 그 기고만장한 숲을 향하도록 이끌었다.

토저, 난 널 믿었어.

이제 그는 웃고 있다. 토저 뒤에서 그들 모두 웃고 있다.

"자 어때, 괴짜. 안내란 바로 이렇게 하는 거야."

난 널 믿었어.

9

갑자기 우르릉거리는 소음이 들렸다. 바위 위에서 또 다른 바위가 구르는 듯한 둔탁한 소리.

"뭐지?"

토저가 곧바로 묻는다. 손전등 때문에 나한테 핀잔을 들은 이후 그가 처음으로 한 말이다.

나는 본능적으로 머리를 가리고 돌덩이들이 한바탕 우르르 쏟아질 거라 생각하며 위를 쳐다본다. 아무 일도 일어나지 않는다.

"빛이다!"

내가 쳐다보고 있는데도 토저가 외친다.

"저길 좀 봐!"

우리 위로 높이, 가느다란 바위틈이 넓어져 있다. 희끄무레한 빛줄기가 그 틈으로 새어들고 있다. 빛줄기가 동굴 입구에서 맞은 편 암벽 쪽으로 비스듬히 기울어 있다.

"우리를 찾으러 온 거야!"

토저는 온 힘을 다해 소리치기 시작한다.

"도와주세요! 여기요! 이 아래 사람이 있어요!"

나도 같이 소리치고 호루라기를 삑삑 불어대며 힘을 보탠다. 너무 시끄러워 그 밖에 다른 소리가 전혀 들리지 않을 때까지.

"쉬이!"

우리는 귀를 기울인다.

아무 소리도 들리지 않는다.

우리가 바라는 사람의 목소리 대신, 고요함 속에서 둘의 숨소리만 쌕쌕거린다.

"저기에 누군가가 있었어. 분명 사람 목소리였는데."

"돌멩이 소리였을 거야. 입구 근처에서 돌들이 굴렀던 게 분명해."

우리 위로 새어드는 빛줄기는 마치 녹아내리고 있는 은 빗장 같다. 단단한 빛줄기가 우리를 가둬두고 있는 어둠과 만나 아래로 내려올수록 점점 더 흐려진다.

우리에게까지 미치는 빛줄기는 아주 약하다. 하지만 위를 쳐다보고 있는 토저의 얼굴 윤곽을 드러내주기엔 충분하다.

"네 말이 맞아, 저 위에 바위 턱이 있어."

그가 말한다.

저 위 천장의 어두운 쪽에, 빛줄기와 대조되는 선명한 검은 그림자가 드리워져 있다. 부서진 다리처럼 바위 면에서 밖으로 툭 튀어나와 있다. 작은 물방울들이 그 끝에서 뚝뚝 떨어지는 게 보인다. 내가 예상했던 대로, 우리는 그 길로 접근할 수 없다.

아니, 저것은 환영일지도 모른다. 좀 전에 들은 소음이 구조대의 소리가 아니었다는 실망이 불러온 환영. 아니면 정말 그 바위 턱이 보이는 것인지도 모른다. 아, 모르겠다. 그런데 갑자기 토저가 내 쪽으로 돌아선다.

"야, 만물박사! 넌 절대 틀리는 법 없지? 항상 옳잖아!"

물론이야, 토저. 하지만 게임은 혼자 하는 게 아니지. 실망스러운 건 나도 마찬가지야. 그리고 나도 너처럼 무섭단 말이야. 나보고 어쩌라고.

내가 손전등을 켜고 그의 얼굴을 환히 비춘다.

"그래서? 옳은 걸 어쩌라고? 그래서 날 항상 괴롭혔던 거니, 토저? 그래? 날 혼자 내버려둘 수 없었던 게 바로 그런 것 때문이야? 내가 뭐든 올바르게 하기 때문에?"

그의 얼굴에 놀라는 기색이 역력하다. 불빛이 마치 자신의 따귀를 때리기라도 하는 양, 빛을 피해 얼굴을 돌리려 한다.

"말해봐. 정말 그래?"

내가 다시 소리친다. 그리고 손전등을 아래로 돌려 바닥에 피범벅되어 쓰러져 있는 사람을 비춘다.

"너도 그렇고, 이 사람도 그렇고. 다들 날 만만한 놀림감으로 본 게 그것 때문이었어? 말해봐, 어? 난 그 이유를 알고 싶다고!"

토저는 여전히 입을 떼지 않는다. 하지만 나는 분노가 가라앉는 걸 느낀다. 마치 나를 꽉 짓누르고 있던 압박이 풀어진 것처럼. 나는 손전등을 끄고 우리를 다시 어둠 속으로 몰아넣는다.

"말해봐."

이번엔 조용한 목소리로 말한다.

"왜 그랬는지. 내 운동화만 해도 그래. 꼭 그래야 했어? 대체 왜?"

•

눈가리개 활동이 끝나자 나는 그 즉시 무리로부터 달아났다. 환상의 복식조인 그렉과 플릭의 빈정거리는 말들을 피해 멀리 도망쳤던 것이다.

"무슨 까닭인지 대니 보이가 토쉬한테 잔뜩 골이 난 것 같은데."

"네 말이 맞아, 그렉. 분위기가 심상치 않지? 잘못 건드렸다간 큰코다치겠어."

"대니 보이 입장에선 토쉬가 눈엣가시 같겠지, 안 그래? 킥킥."

나는 소지품을 방에 던져놓고 수건과 수영복을 집어 들고 호숫가로 나와 한적하고 조용한 곳으로 내려갔다.

제방 끝에서 신발을 벗었다. 그리고 양말을 벗어 신발 속에 하나씩 밀어 넣었다. 그런 다음 물속에 발을 담그고 스치는 물살을 느꼈다.

잠시 후 나는 나무들 속으로 들어가 수영복으로 갈아입었다. 벗은 옷가지를 제방 끝, 벗어둔 신발 옆에 차곡차곡 개어놓고 물속으로 들어갔다.

차가웠다. 수영장보다 훨씬 차가웠다. 꼭 호수 전체가 냉장고 속에 들어와 있는 것 같았다. 나는 두 팔을 열심히 휘둘러 가운데로 나아갔다.

제방에서부터 호수를 둘러싸고 있는 바위의 둥그런 면은 체다 협곡의 사면처럼 푸르스름한 회색 빛을 띠고 있고 아주 단단해 보인다. 그런데 가까이 다가가 보니 멀리서 볼 때와는 사뭇 다르다. 온통 주름지고 부서져 있다. 그리스 신이 손톱으로 마구 긁어놓은 듯하다. 게다가 곰보처럼 다양한 크기와 모양의 구멍들이 패어 있는데 그곳에서 물이 스며 나와 호수로 흘러들고 있었다.

나는 몸을 뒤집어 하늘을 바라본다. 집에 있는 것처럼 편안하게, 평화롭게, 딴생각을 하면서….

물에 빠진 사람은 정말 세 번 수면 위로 올라오는 걸까? 만약 그렇다면 그걸 어떻게 알아냈을까? 누군가가 강가에 앉아 지켜보며 그들이 물속으로 들어갈 때마다 숫자를 세어본 걸까?

"어이! 괴짜!"

제방에서 외침 소리가 들린다.

그들이 내 옷을 들고 있다.

토저는 여전히 오렌지색 비옷을 입은 채 내 셔츠를 공중에서 흔들어대고 플릭은 내 바지를 들고 똑같은 짓을 하고 있다. 그렉은 내 신발을 들고 이 손에서 저 손으로 던지고 있다.

"괴짜! 야, 괴짜!"

토저의 입이 움직이는 게 보이고 곧바로 그가 내뱉은 조롱의 일부가 내 귀에 들린다. 마치 번개가 친 뒤 천둥소리가 들리고 크리켓 공이 배트에 맞은 뒤 소리가 들리는 것처럼.

토저가 다시 소리친다.

"야! 이거 네 거지, 맞지?"

그렉이 내 신발을 높이 치켜든다.

"대니—보이! 벌쳐 팀 리더로서 네 신발을 좀 조사해봤는데 완전 흙투성이야. 너무 지저분해."

이어 플릭의 목소리가 호수를 가로지른다.

"그렉 말이 맞아. 인간적으로 너무 지저분해!"

"제대로 빨아야겠는걸."

토저의 외침이다.

"아니면 물에 씻어내든가. 어때, 토쉬? 아무래도 이걸 물에 씻어야겠지?"

"씻는다고?"

토저가 그렉을 본다. 하지만 곧 나를 향해 소리친다.

"그래, 아주 좋은 생각이야, 그렉!"

나는 다시 제방을 향해 헤엄쳐 가기 시작한다. 하지만 당연히, 그래봐야 헛수고일 뿐이다. 아직 절반도 못 갔는데 그렉이 한 팔을 쭉 뻗더니 무슨 전염병 보균물이라도 되는 듯 내 신발 한쪽을 물속에 풍덩 빠트린다.

나는 소리치지 않는다. 구걸하지도 않는다. 그날 학교 도서관에서 소중한 내 노트가 바람에 흩날리는 걸 지켜보며 굳게 다짐했던 걸 지킬 뿐이다. 그 사건은 그렉과 같은 인간들을 어떻게 상대해야 하는지 큰 교훈을 주었다. 구걸이나 애원 따윈 아무짝에도 쓸모없다. 그럴수록 그들은 더 심하게 굴 것이고 자신들이 힘을 지녔음을 입증하기 위해 어떤 식으로든 위협을 계속할 것이다.

하지만 구걸하지 않는다면? 그렇다 해도 어쨌든 그만두지는 않을 것이다. 왜냐하면 당신은 이들을 짜증스럽게 하는, 눈에 거슬리는 존재이기 때문이다. 그러나 이들도 속으로는 알고 있다. 진정한 승자는 바로 당신이라는 걸.

다시 제방 쪽을 바라보자 그렉이 다른 한쪽 신발을 토저에게 건네고 있다. 그가 뻐기며 소리친다.

"토쉬, 내가 던진 운동화가 거의 물고기를 칠 뻔했어. 이번엔 네가 해봐. 넌 더 잘할 수 있지?"

토저, 헤벌쭉 웃고 있는 토저가 자기 주인으로부터 운동화를 받아 든다. 그리고 팔을 쑥 내밀어 물속으로 풍덩 떨어트린다. 이때 별안간 이들의 의기양양한 폭소를 자르고서 또 다른 목소리가 들린다. 날카롭고 몹시 성난 목소리.

"너희들! 대체 거기서 뭐 하는 거야?"

로니다. 그가 급히 제방 쪽으로 달려오고 있다. 셋은 그를 보자마자 나머지 물건들을 내버리고 황급히 나무숲으로 달아나 야영장으로 향한다. 그들이 가면서 낄낄대는 소리가 들린다.

"그래도 용케 셔츠와 바지는 구했구나."

내가 겨우 제방에 다다르자 로니가 말한다.

"고맙습니다."

"신발은 그놈들이 빠트려버렸지 뭐냐."

"저도 봤어요."

로니가 제방 아래로 걸어가기 시작한다. 내가 본 그의 걸음걸이 중 가장 빠른 걸음이다.

"기다려. 곧 그물을 가져와서 건져주마."

"괜찮아요."

토저는 제방 한가운데에 서서 수직으로 운동화를 떨어트렸다. 나는 그 지점에서 잠수해 바닥으로 들어간다. 물이 차갑기만 한 건 아니다. 방금 수도꼭지에서 흘러나온 것처럼 놀랄 만큼 깨끗하다. 나는 즉시 신발 한 짝을 찾아 들고 수면 위로 올라온다.

다른 한 짝은 예상 외로 내 허를 찌른다. 세 번이나 잠수해 들어갔지만 눈에 띄지 않는다. 마지막으로 올라왔을 때는 숨을 참느라 안간힘을 쓴 탓에 귀가 웅웅거리기 시작한다. 숨을 크게 들이쉬고 제방 받침대까지 왔을 때, 제방 바로 밑 그림자 속에서 흔들리는 게 보인다.

물속에서 찾은 신발을 나무판 위로 던져놓고 올라오자 로니가 말한다.

"공기주머니였어."

원양 정기선의 원리. 바다 위를 유유히 떠가는 것은 수천수만 킬로그램의 강철이 아니라 그 안에 갇혀 있는 공기다.

신발 안에 넣어두었던 양말을 그가 꺼낸다. 끝은 젖었지만 대부분은 바싹 말라 있다.

"이 양말이 충분한 공기를 가둬놓고 있었던 거야. 그래서 가라앉지 않았던 거지."

썰렁한 농담 하나. 부츠 한 짝이 바지 한 짝과 같아지는 때는 언제
지? 그야 공기주머니를 가졌을 때지. 하—하—하.

그들이 사리지고 없는데도 로니가 나무숲 쪽을 노려본다.

"네가 잘 아는 녀석들이지, 그렇지? 이 일은 액셀만 선생하고 상
의해서 처리할 거야."

"그만두세요. 이건 괴짜가 치러야 할 대가예요…."

그가 나를 힐끗 본다.

"괴짜? 내 눈엔 지극히 정상으로 보이는데."

"음… 실은 그렇지 않아요. 전 좀 다르거든요."

그러자 처음 만났을 때 그랬던 것처럼 그가 고개를 돌려 호수를
물끄러미 바라본다.

"그 애들과 다르단 말이지? 그걸 어떻게 알지?"

"그런 게 뭐가 중요해요?"

불현듯 화가 치민다.

"그냥 그렇다고요! 난 그 애들이 하는 걸 하지 않아요. 하고 싶
지도 않고요. 그들처럼 되고 싶지 않단 말이에요!"

만약 집에서였다면 이 작은 폭발 때문에 일주일 내내 시달려야
했을 것이다. 하지만 로니는 천천히 고개만 끄덕일 뿐이다. 그리
고 전혀 예상치 못한 방법으로 나를 쓰러트린다.

"다니엘, 물에 관해 생각해본 적 있니?"

그가 몸을 숙여 조약돌 하나를 집어 들어 호수로 던진다.

나는 조약돌이 떨어진 자리에 작은 파문이 일어 멀리 퍼져나가는 모습을 지켜본다.

물에 관해 생각해봤냐고요? 물론이죠. 파문은 왜 항상 원 모양일까? 삼각형이나 사각형 모양은 왜 없을까? 육각형 모양은?

"저 물결 말인가요?"

"이 호수, 지금 네가 보고 있는 이 물 말이야. 이 물이 어디서 온다고 생각하니, 다니엘?"

"그야 비겠죠."

"맞아. 하지만 여기로 흘러드는 건 하늘에서 내리는 빗방울이아냐. 비는 이토록 멋진 호수를 만들어주지 못하지. 이 물의 대부분은 저 위에서 내려오는 거야. 저기 에보 다운에서."

그는 손가락으로 호수를 가로질러 우뚝 솟아 있는 암벽을 가리킨다. 이 암벽은 호수에서부터 그 너머로까지 뻗어나가 넓게 트인 공터의 산마루에서 보았던 안전 표시등 쪽으로 이어진다.

"다니엘, 에보 다운으로 떨어진 물은 머물러 있지 않아. 그 물이 도착하는 곳은 바로 여기야. 이렇게 물은 항상 아래로 흐르는 법이지. 많은 것들이 막아보려고 해도 물은 언제나 제 길을 찾아내. 돌멩이들을 돌아, 바위 사이로, 틈새를 따라, 동굴과 통로를 지나,

어떻게든 길을 찾아내 여기까지 오는 거란다."

이제 그는 고개를 돌려 나를 똑바로 쳐다본다.

"저 물은 늘 평형 상태를 찾아가지. 그게 자신에게 가장 알맞은 자리이기 때문이야. 다니엘, 너도 그래야 해. 좀 전의 그 세 녀석은…."

그가 나무숲에 나 있는 틈을 향해 고갯짓을 한다.

"네 길에 놓여 있는 돌멩이들일 뿐이야. 네가 자신의 길을 찾기 위해 돌아가야 할 장애물이란 말이지."

그가 도와주려고 애쓰고 있다는 건 잘 안다. 하지만 도움이 되질 않는다. 그는 나를 알지 못한다. 그리고 토저를 알지도 못한다.

"바로 저 물처럼요? 그런데 그 돌들이 돌아가지 못하게 하면 어떡하죠?"

제방 옆 바닥에 돌멩이가 있다. 나는 그걸 낚아채듯 집어 올려 그를 향해 내민다.

"그 돌들이 움직이면서 계속 날 쫓아오면요? 또 날 혼자 내버려 두지 않거나 나를 둘러싼 채 빠져나갈 틈을 주지 않는다면 그땐 어떡하죠?"

나는 몸을 돌려 돌멩이를 호수로 세게 내던진다. 물줄기가 높이 솟구치고 그 주위로 파문이 멀리 퍼져나간다.

"방법이 있지. 그럴 땐 말이야, 저 파문처럼 하면 돼. 그냥 달아나는 거야."

나는 제방에 놓여 있던, 물에 젖은 내 신발을 집어 든다.

"그만 가봐야겠어요. 이걸 오늘 중으로 다 말릴 수 있는지 확인해야 하거든요."

"그래."

그가 고개를 끄덕인다.

전혀 기분 상한 표정이 아니다. 내가 좀 전에 그렇게 심하게 굴었는데도 그는 마치 내가 '안녕히 계세요'라고 말한 것처럼 대답한다.

내가 서둘러 자리를 뜨자 그는 다시 물을 향해 돌아선다. 그리고 휘파람을 분다.

•

"말해봐, 왜 그랬는지. 왜 내 신발을 호수에 빠트린 거야? 대체 이유가 뭐냐고?"

내가 다시 토저에게 묻는다.

어둠 속에서 그가 어깨를 으쓱하는 소리가 들린 것 같다.

"그냥 재미로 그런 거야."

그의 대답은 이것뿐이다.

"그냥 재미로? 말도 안 돼. 그게 전부야? 재미로 그랬다고?"

"그래. 그냥 재미로 장난친 거야."

"그랙이 그렇게 말하니?"

"응."

나는 말을 멈추고 그 후 일어났던 일들을 떠올려본다.

"하지만 그 후에는 웃지 않았어, 안 그래?"

비록 어둠 때문에 모습을 볼 수 없을지라도, 나는 바닥에 축 늘어져 있는 형상을 내려다보지 않을 수 없었다.

맞아. 그때는 아무도 웃지 않았어. 특히 우리의 총애받는 팀장께선 확실히 그랬지.

10

"야, 아무래도 액셀만이 중대 발표를 할 것 같아."

내 뒤에서 그렉 인들이 말하는 소리가 들렸다.

"아마 신발 수영 대회 우승자를 발표하려는 거겠지."

플릭이 대꾸했다.

우리는 저녁 식사 후 느긋하게 빈둥거리는 중이었다. 그리고 나는 식사 중에 로니가 액셀만 선생에게 뭔가 말하는 것을 목격했다. 액셀만 선생은 불쾌한 표정으로 두어 번 접시에서 고개를 들어 힐끗 내 쪽을 쳐다보았다. 내가 막 그 이유를 찾아보려는 순간, 액셀만이 자리에서 벌떡 일어나 곧바로 나를 지목했다.

"에드워즈, 오늘 네가 질퍽거리는 신발을 끌고 왔다던데?"

"왼쪽, 오른쪽, 왼쪽, 오른쪽."

그렉이 내 뒤 어딘가에서 중얼거렸다. 토저의 코웃음 치는 소리
도 들렸다.

액셀만은 못 들은 척했다. 의자를 거꾸로 돌려 앉는 동안에도
그는 내게서 눈을 떼지 않았다.

"그 신발 얘기가 사실이냐? 응? 맞아, 안 맞아?"

나는 말없이 어깨를 으쓱했다.

"똑똑이, 네 신발이 물에 빠졌던 게 사실인지 묻고 있잖아? 이건
쉬운 질문이잖아, 안 그래? 아, 너무 쉬웠나 보군. 그럼 좀 더 어렵
게 물어봐줄까?"

액셀만 선생이 계속 추궁한다. 그 와중에 유머까지 섞어가면서.

그냥 달아나는 거야. 그 파문처럼.

"물웅덩이를 밟았어요."

"물웅덩이? 그래, 여기 로니 말을 들으니 아주 큰 웅덩이라고 하
더구나."

"저 액셀만 선생님….."

로니가 앉은 자리에서 말을 꺼낸다.

"됐습니다, 관리인 선생. 제가 알아서 처리하죠."

그리고 다시 내게 말한다.

"정확히 말하면 크기가 호수만 한 웅덩이었겠지, 그렇지?"

"네."

"또 듣자 하니 미지의 어떤 인물들이 네 신발을 그 호수에 빠트렸다던데."

잠시 말을 멈춘다.

"그들이 누군지, 알고 있지?"

계속 달려. 저들한테 붙잡혀선 안 돼. 액셀만 선생이든 누구든.

"전 그 호수에서 수영을 하고 있었어요. 하지만 아주 멀리 떨어져 있었습니다."

액셀만이 한숨을 쉬더니 주위를 빙 둘러본다.

"호수의 미스터리라. 좋아, 혹시 다니엘 에드워즈의 '잠수 신발'에 관해 뭔가 알고 있는 사람 있나?"

웃음이 퍼져나간다. 액셀만 선생의 입꼬리가 일그러진다. 웃음이 잦아들자 그가 내 뒤의 얼굴들을 살핀다.

"그렉? 넌 팀의 리더야. 그러니 뭔가 알고 있겠지?"

애써 돌아볼 필요도 없다. 그렉의 모습이 창문에 훤히 비치기 때문이다. 그가 천천히 고개를 내젓고 있다.

"아뇨, 모릅니다."

"저 애들은 그게 구멍 신발인 줄 알았나보죠."

플릭이 대꾸한다.

더 큰 폭소와 야유가 터진다. 토저의 야유 소리가 유독 크게 들린 건 내 상상일 뿐인가 아니면 정말 그런 건가? 액셀만 선생은 정말이라고 생각하는 것 같다. 먹잇감을 덮치는 매처럼 그가 곧바로 토저에게 달려든다.

"거기, 원숭이! 넌 뭔가 알고 있지?"

토저는 플릭과 다르다. 약삭빠른 재담으로 위기를 모면할 만큼 똑똑하지 못하다. 또 그렉처럼 능청스레 거짓말을 할 줄도 모른다. 그저 매번 자신을 곤경에 빠트릴 뿐이다.

"저요? 왜 저예요?"

액셀만 선생이 의자에서 슬그머니 빠져나와 우뚝 일어선다.

"로니의 말에 따르면, 거기서 분명 오렌지색 비옷을 입고 있는 인물을 봤다고 했기 때문이지. 원숭이, 네 비옷이 무슨 색이지?"

그는 기다린다. 방 안이 쥐죽은 듯 조용해진다.

"오렌지색이요…."

토저가 마침내 대답한다.

"여기서 단 하나밖에 없는 유일한 오렌지색 비옷이지, 그렇지? 왜냐하면 너 같은 엄청난 거구에 맞는 비옷은 그것 말고는 없을 테니까."

이번엔 아무도 웃지 않는다. 분위기가 확 바뀌었다. 액셀만 선생은 천천히 방 안을 왔다 갔다 하고 있다. 모든 눈이 토저와 나를 번갈아 쳐다보고 있다. 그 애에게서 나에게로 다시 그 애에게서 나에게로.

나는 달아나고 싶었어. 하지만 그가 나를 가만 내버려두지 않았어.

액셀만이 걸음을 멈춘다.

"인들."

"네?"

"이건 너희 팀의 두 사람과 관련된 문제인 것 같다. 그래서 이 둘에게 각각 벌점 50점씩 준다. 똑똑이가 말해주겠지만 둘의 점수를 합하면 100점이야."

"하지만 선생님!"

"이건 너와 해리스가 이 사건과 아무 관련이 없다는 전제 아래 내린 결론이야. 만약 조금이라도 관련이 있다면 그땐 50곱하기 4… 200점이 되겠지. 그럼… 어떻게 될까?"

"…100점 받겠습니다."

그렉이 즉시 수긍한다.

액셀만 선생이 우리를 해산시키자 그렉이 곧장 다가와 내 앞을 가로막는다. 두 주먹을 쥐락펴락하며 위협한다. 하지만 그는 제 손으로 상대를 때려눕힐 그런 위인이 아니다. 이런 일은 토저에게로 넘긴다. 물론 이들 중 그 누구도 액셀만 선생의 판결 직후 바로 행동을 취하진 않는다. 아마 나중에 할 것이다. 지금은 아니다.

"우린 이제 우승팀이 될 수 없어."

그리고 이어서 소곤거리듯 작은 목소리가 들려왔다.

"넌 그 대가를 치르게 될 거야, 대니 보이."

넌 그 대가를 치르게 될 거야, 대니 보이.

잠을 자려고 누워 있는 동안 그렉의 말이 계속 내 머릿속에 울려 퍼진다. 마침내 겨우 이걸 떨쳐버린다. 하지만 이때조차도 내 마음은 날 그냥 내버려두려 하지 않는다.

나는 꿈을 꾼다. 제방에서 물속에 조약돌들을 던져 넣고 파문이 멀리 퍼지는 걸 지켜본다.

달려, 물결들아, 어서 달려.

이걸 지켜보는 내내 대답할 수 없는 질문을 나 자신에게 던진다.

이 파문들은 어디로 달려가고 있는 걸까?

•

"이 사람… 몸이 차가워지고 있어."

의식 없는 형체 위로 몸을 숙여 얼굴을 만지면서 내가 말했다.

"그래서? 가서 껴안아주기라도 해야 돼?"

웅덩이 바닥에 물이 스며들어 땅이 점점 질퍽해지고 있다. 이젠 암벽을 타고 흐르는 물소리가 끊임없이 들려온다.

"몸이 너무 차가워지면 안 된단 말이야."

"…왜? 그래도 죽진 않을 거야, 그렇지?"

나는 그의 목 옆 부분을 다시 만져본다. 마른 피딱지들이 손가락에 느껴진다. 맥박은 여전히 잘 뛰고 있다.

"응. 아직까진 괜찮은 것 같아. 하지만 구조대가 곧 오지 않으면…."

그러자 토저가 몸을 홱 튼다.

"아무도 오지 않을 거야! 이번엔 네가 틀렸어. 사람들은 안 올 거라고!"

갑작스러운 분노의 폭발, 토저의 좌절에 난 이미 익숙해져 있다. 그렇다 해도 난 그 행동을 잘 이해할 수 없다.

토저는 바위 턱 아래쪽 벽으로 건너간다. 마치 등산가처럼 젖은 바위를 살피더니 신발 끝으로 움푹 파인 자국을 세게 걷어찬다. 그러고는 그 틈새에 발을 끼우고 두 팔을 머리 위로 올려 큼직한 두 손을 갈고리 삼아 움켜잡을 것을 찾는다. 낑낑거리며 벽을 타고 올라가려고 안간힘을 쓴다. 이어 발을 디딜 만한 또 다른 걸 찾으려고 버둥거린다. 하나를 찾아낸 다음엔 조금 더 위로 올라간다.

그때 토저가 학교에서 늑목을 타고 오르던 모습이 겹쳐진다.

원숭이.

하지만 난 이제 그 아이를 비웃지 않는다. 그렇다 해도 이건 가
망 없는 일이다. 이제 토저도 깨달아야 한다. 바위 턱은 여전히 2
미터나 위에 있다. 거기에 닿을 만한 방법은 없다. 전혀. 그럼에도
불구하고 어쨌든 나는 그 애가 더 잘 볼 수 있도록 손전등 불빛으
로 그쪽을 비춘다.

토저는 다시 손을 뻗쳐 붙잡을 만한 것을 찾아 더듬거린다. 그
의 손가락이 번들거리는 바위를 여기저기 탐색하고 있다. 그러다
갑자기 붙잡고 있던 걸 놓치고 만다. 분통을 터트리며 다시 바닥
으로 주르륵 미끄러진다.

자신이 올라간 거리가 얼마나 짧은지를 확인하자마자 토저는
바닥에서 뾰족한 돌멩이 하나를 집어 들어 저 위 바위 턱을 향해,
우리 위로 빛줄기가 새어 드는 높은 곳을 향해 거칠게 내던진다.

갑자기 미쳐 날뛰는 짐승처럼. 그가 다시 돌멩이를 집어 든다.
또 하나를 집어 든다. 그리고 이 돌멩이들을 천장 벽을 향해 있는
힘껏 내던진다. 그것들이 천장을 부숴 위가 환히 트이길 바라는
듯. 지금 자신이 끈적거리는 더러운 흙덩이를 우리 위로 쏟아지게
만들고 있다는 걸 의식하지 못한 채. 내가 할 수 있는 건 고작 몸을

최대한 웅크려 두 팔로 머리를 감싸 쥔 채 그대로 몸을 숙여 바닥에 쓰러져 있는 몸뚱이를 덮는 것뿐이다. 토저는 숨을 헐떡이면서 동작을 멈추더니 바닥에 털썩 주저앉는다. 그리고 피로 얼룩진 머리를 덮고 있는 나를 건너다본다.

"그 사람은 죽을 거야. 너도 죽을 거고. 우리 셋 다. 아무도 오지 않을 거야."

"토쉬. 올 거야. 그리고 우린 괜찮을 거고."

"그 사람이 제일 먼저 저세상으로 가겠지? 네가 그랬잖아, 그의 몸이 차가워지고 있다고. 만약에 그 사람이 그런 병에 걸리면 어쩌지? 노인들이 겨울에 잘 걸리는 그거 말이야."

"저체온증?"

"맞아. 어떻게 맞혔어?"

"걱정하지 마. 그건 우리 몸의 체온이 한번에 너무 많이 떨어질 때 생기는 거야."

이렇게 말하면서도 나는 저 위 높은 곳에서 스며드는 빛줄기를 쳐다본다. 문득 괴짜 같은 농담 하나가 머릿속에 떠오른다.

한 번의 추락에서 살아남아 또 다른 추락으로 죽는구나.

그때 그 고가 다리에서, 내가 생각했던 것과 똑같이.

11

버스가 완만한 곡선을 그리며 언덕을 넘어갈 때 나는 봤다, 고가 다리를. 네 개의 견고한 아치가 자갈과 셰일로 이루어진 좁은 바닥을 지탱하며 계곡에 우뚝 솟아 있었다.

"저기 보이는 다리가 코움 고가 다리예요."

레드로우 선생이 마이크를 잡고 말했다.

야영장을 떠나온 후 레드로우 선생은 줄곧 버스 앞쪽에 앉아 있었다. 손에 마이크를 쥐고 새로운 경관이 나타날 때마다 약간의 설명을 덧붙여 중계방송을 하느라 여념이 없었다. 분명 그가 기다려온 순간이었을 것이다.

"이 다리는 1897년 완공된 것으로 사방 4미터의 화강암 벽돌로 지어졌습니다. 이 다리 덕분에 토끼굴 골짜기에서 오는 철로가 이 작은 계곡을 가로지르고 그 촉수를 더 멀리 뻗어 블래그던과 그 너머까지 나아갈 수 있게 되었죠….."

"선생님, 그럼 우리가 트레인스포팅*을 하는 건가요?"

뒤쪽에서 누군가가 소리쳤다.

레드로우 선생은 약간 당황하는 것 같았다.

"아…아냐. 기차는 전혀 볼 수 없을 거야. 이 철로는 이미 몇 년 전에 운행이 중단되었거든."

"말하자면 그것의 촉수가 잘려버렸단 말이지, 레드로우 선생?"

액셀만 선생이 앞자리에서 일어나 마이크를 건네받으며 말한다.

버스는 모퉁이에서 속도를 늦춰 아래쪽으로 향하기 시작한다. 나무들 사이로 고가 다리가 또렷이 보인다. 누군가 그 위에서 일을 하고 있다. 그 아래, 계곡 사이를 걷고 있는 두 사람이 마치 개미처럼 보인다.

액셀만 선생의 놀이 본능이 발동한 것 같다.

"레드로우 선생이 깜빡 잊고 말하지 않은 요점이 있는데, 그건 바로 이 다리의 높이다. 누구든 이걸 알아맞히면 그 팀에 10점을 주겠다. 이 다리의 높이가 얼마인지, 아는 사람?"

레드로우 선생은 사방 4미터의 돌이라고 했어. 그렇다면 각 다리

---

* 기차역을 돌아다니며 기차를 관찰하고 기관차 번호를 기록하는 취미 활동.

당 돌이 두 개면 8미터. 다리 사이 간격은 너비의 두 배쯤 되니까 16 미터. 다리 네 개, 그 사이 간격에 세 개. 4×8+3×16. 가로 80미터. 높이는 너비의 반 정도로 보인다. 그렇다면 40미터.

내가 손을 번쩍 들어 올린다.

"40미터 아닌가요?"

"역시 정확하군. 똑똑이, 네 말대로 저 다리 높이는 40미터다."

그러면서 나를 지그시 쳐다본다.

"아주 인상적이지?"

"네."

내가 무슨 말을 하겠는가.

"좋아, 하지만 네게 한층 더 깊은 인상을 남길 뭔가가 기다리고 있지. 바로 저 위에서 뛰어내리는 거다."

뒤쪽에서 그렉 인들의 웃음소리가 들렸다.

●

버스가 구불구불 내려가는 동안 고가 다리는 나무들 뒤로 사라졌다. 버스가 길을 벗어나 마침내 멈춰 서자 방금 전 액셀만 선생의 발표를 환영하는 흥분에 찬 웅성거림이 최고조에 달한다.

모두들 차에서 우르르 내린다. 액셀만 선생이 키 작은 나무 터널을 따라 앞서 나간다. 지면은 온통 잡초로 덮여 있지만, 우리가 지나갈 때마다 바닥에 쌓여 있던 나무 조각과 부스러기들이 요란한 소리를 낸다. 과거에 철로가 놓였던 길을 따라가고 있다는 증거다.

그렉이 지나가며 나를 보고 능글맞은 미소를 던진다.

"괜찮냐, 대니 보이? 얼굴이 좀 창백해 보이는데?"

"정확히 말하면 창백한 연두색이지."

옆에서 걸어가고 있던 플릭이 말한다.

토저는 휙 지나쳐 이들을 따라잡더니 마치 맨 먼저 바다를 본 사람이 되려는 듯 쿵쿵거리며 앞으로 나아간다.

우리는 나무 터널을 빠져나온다. 앞쪽에 나뭇조각과 부스러기들과 풀로 뒤섞여 있는 길이 보이고, 그 앞으로 잡초들이 무성하게 뻗어 있다. 길 양쪽의 낮은 벽돌담은 수많은 기차들의 연기 세례를 받아 까맣게 변해 있다. 우리는 이제 그 고가 다리 위에 있다.

조금 전 이 위에서 일하고 있는 것처럼 보였던 사람은 로니였다. 그가 우리를 기다리고 있었다. 그의 발밑에 서로 얽혀 있는 로프와 가죽끈이 놓여 있다. 옛 철로의 침목들 중 일부가 여전히 바닥에 박혀 있었는데, 그중 하나에 박아놓은 쇠고리가 햇빛을 받아 번쩍거린다. 로프는 이 쇠고리를 통과해 고가 다리 난간 옆으로 늘어뜨려져 있다. 다리 아래로 멀리, 로프의 끝이 보인다. 길게 늘어뜨려진 로프가 바람에 가볍게 흔들리고, 그 아래 계곡 바닥에는 로프의 끝부분이 졸고 있는 뱀처럼 둘둘 말려 있다.

"이번 활동은 압자일렌*이다. 혹시 전에 해본 사람 있나?"

그렉과 토저의 손을 포함해 몇몇이 손을 들었다. 토저는 오랜만에 열의에 찬 얼굴로 액셀만 선생을 바라보며 가깝게 서 있다.

"휴가 때 한번 해봤는데요, 최고였어요!"

그는 신나서 말한다.

"아, 그래? 원숭이, 그걸 몰라봤군."

웃음이 터진다. 토저는 입을 크게 벌리고 헤벌쭉 웃는다. 그는 액셀만 선생이 자신의 절호의 찬스를 묵살해버렸음을 아직 깨닫지 못한 것 같다.

"제군들, 오늘 우리가 하려는 건 바로 압자일렌이다. 너희는 이제 집.중.훈.련을 받게 될 거다. 물론 말 그대로 추락하라는 건 아니고.**"

더 많은 웃음이, 천천히 터진다.

액셀만 선생이 몸에 매는 가죽끈 장치를 들어 올린다. 언젠가 내가 다락방을 뒤지다 발견했던 아기용 그네 의자처럼 생겼는데 앞에 쇠고리가 달려 있었다.

"자원자 앞으로. 좀 전에 누가 이걸 해봤다고 했더라?"

---

* 로프를 사용해 암벽이나 빙벽 같은 급사면을 내려가는 스포츠.
** '집중 훈련을 뜻하는 'crash corse' 중 crash는 일차적으로 '충돌', '추락'의 의미를 지니고 있다. 이것은 일차적 의미를 염두에 둔 유머로 말 그대로 추락하거나 충돌하는 건 아니라는 뜻이다.

토저의 손이 번쩍 올라간다. 액셀만 선생은 못 본 척 지나쳐버린다.

"인들."

그렉이 앞으로 나온다. 액셀만 선생은 그렉을 실습 모델 삼아 설명해나간다.

"이 장치를 제대로 착용하면… 바로 이렇게 된다. 그리고 이걸 앞에서 잠그면 되지. 다들 잘 봤지?"

그가 그렉의 허리춤에서 장치 앞쪽에 있는 쇠고리를 흔들어 보인다.

"이건 카라비너***라고 하는 것이다."

액셀만 선생이 로니가 건네주는 로프 끝을 잡는다.

"이 로프를 카라비너에 통과시키면 이제 이것은 훌륭한 브레이크가 되는 것이다. 이걸 이렇게 당기면 로프가 고리를 통과해 움직인다. 다시 잠그면 움직이던 로프가 멈춘다. 무슨 말인지 알겠나?"

서너 명은 고개를 끄덕이지만 나머지는 잘 모르겠다는 표정이다.

"자, 이대로만 하면 아무것도 문제될 건 없다."

그가 양손을 그렉의 허리 뒤로 돌려 두 번째 카라비너에 닿을 때까지 계속 로프를 통과시킨다.

"이건 너희 생명의 담보물이다, 알겠나? 난 이 카라비너를 조종

*** 암벽 등반가들이 쓰는 로프 연결용 금속 고리.

하다가 너희가 하강을 멈춰야 할 땐 언제든 사용할 것이다."

그가 주위를 둘러본다.

"질문 있나?"

전체가 조용해진다. 이때 누군가의 목소리가 들린다. 바로 내 목소리다.

"왜 우리가 이걸 해야 합니까?"

내가 강력한 자석이라도 되는 양 모든 얼굴들이 단번에 내게로 쏠린다. 그렉 인들은 능글맞게 웃고 있고, 토저는 변함없이 헤벌쭉하게 웃고, 플릭 헤리스는 끙 신음을 낸다. 내가 뭘 잘못했나? 그런데 왜 다른 애들 몇몇은 이 질문을 듣고 기뻐하는 것처럼 보이지?

하지만 액셀만 선생은 그렇지 않았다. 그는 콧방귀를 뀌고는 돌아서서 로프가 늘어져 있는 고가 다리 옆을 살핀다. 그 순간 나는 그가 내 질문을 묵살하고 대답하지 않을 거라고 생각한다. 그런데 그가 다시 돌아선다. 그는 지금 최대의 인내심을 발휘하고 있는 것이다.

"에드워즈, 우리가… 아니, 네가 지금 이걸 해야 하는 이유는 말이지… 이게 너한테 믿음에 관해 보다 많은 걸 가르쳐줄 것이기 때문이야. 여기 이걸 봐라…."

그가 카라비너를 보며 잠깐 생각하고 있다. 좀 전에 우리의 담보물이라고 말했던 그것이다.

"이건 말하자면 네가 아플 때 병원에 가는 것과 같은 거지. 병원에서는 의사와 간호사를 믿어야 해. 이 활동에서는 내가 네 의사지. 나는 너를 살피고 그 허약한 목이 부러지지 않게 도와줄 거야. 팀원의 기본자세는 서로를 믿는 거다, 알겠나?"

그는 이로써 내 질문을 처리했다는 듯 이제는 전체를 향해 말하고 있다.

"이 활동에서는 나 역시 너희들 팀의 한 구성원이다. 너희는 나를 믿어야 한다. 이건 말 그대로 아주 쉬운 일이야, 그렇지?"

그가 '예'라고 대답할 누군가를 찾고 있음에도 불구하고 아무도 대답하려 하지 않는다. 그러자 그는 그렉 인들을 고가 다리 난간 쪽으로 데려간 다음 나머지를 그 옆에 한 줄로 서게 한다.

나는 다리 아래를 내다본다. 계곡의 중앙 교각 아래, 레드로우와 로맥스 선생이 있다. 40미터 아래에서 공을 잡으려고 기다리는 외야수처럼.

40미터라.

나는 생각에 빠져 지금 무슨 일이 벌어지고 있는지—액셀만이 그렉을 고가 다리 난간으로 데려가고 마침내 그렉이 교각 옆면에 매달리자 나머지 아이들이 열심히 그를 응원하고 있다—감지하지 못한다.

내 눈에 보이는 건 저 아래 바닥뿐이다. 40미터 아래.

40미터라. A블록과 같은 높이다. 학교 도서관 꼭대기에서 바닥까지의 높이.

토저가 도서관 창문 밖으로 내 노트를, 내 계산지들을 떨어트리는 게 보인다.

내 계산지들. 사람의 몸이 40미터 높이에서 떨어진다면 시속 60마일로 바닥을 칠 것이다.

다시 그 종잇장들을 그러모으고 있는 내 모습이 보인다.

펄럭이며 흩어지는 종이들은 바람의 영향으로 천천히 내려간다. 하지만 벽돌은 그렇지 않을 것이다. 사람 몸도 그렇지 않을 것이다. 그리고 나도.

"야호!"

승리의 함성이다. 벌써 바닥에 도착한 그렉이 저 아래에서 장치를 벗고 있다. 그의 흥분된 목소리가 다리 위까지 솟구쳐 오른다.

"아주 쉬워!"

아이들이 난간을 살피고, 로프를 타고 아래로 내려가 검게 그을린 바닥 벽돌에 발을 딛고 서서 요트의 균형을 맞추려는 항해사처럼 등을 젖힐 때마다, 대기 줄이 앞으로 움직인다.

전에 이걸 해본 적 있는 아이들은 토저처럼 재빨리 앞으로 달려나가 가볍게 아래로 뛰어 내린 다음 폴짝폴짝 뛰면서 벽면을 타고 내려간다.

그러나 그렇지 않은 아이들은 팽팽한 로프에 매달린 채 겁에 질린 얼굴로 천천히 내려간다.

그 사이, 내 머릿속에서는 똑같은 수만 계속 되풀이되고 있었다.

시속 60마일. 60, 60, 60….

"다음은, 똑똑이."

이제 내가 대기 줄 맨 앞에 있다.

액셀만 선생이 내 몸에 장치를 두르는 동안 나는 온몸이 뻣뻣이 굳은 채 서 있다. 두 개의 줄이 내 다리를 휘감고 벨트가 허리에 둘러진다. 나는 이것들을 내려다본다. 자세히 보니 줄들이 낡고 닳아 가죽끈의 작은 가닥들이 옆으로 삐져나와 있다.

이것이 날 붙들어줄 수 있을까? 과연 이게 날 지탱해줄까? 시속 60마일인데.

카라비너가 내 앞으로 튀어나와 있다. 액셀만 선생은 브레이크 거는 법, 로프를 타고 앞뒤로 움직이며 미끄러지듯 내려가는 법에 관해 다시 한번 설명하고 있다. 나는 그의 말을 듣지 않은 채, 무딘 금속 위로 닳아빠진 로프의 작은 가닥들이 지나가는 걸 바라보고 있다.

시속 60마일.

"전 하고 싶지 않아요."

내 입에서 이 말이 막 튀어나온다. 내 귀에 들리는 걸 보면 액셀만 선생도 분명 들었을 것이다. 하지만 못 들은 척한다.

"올라가."

"야, 대니 보이. 얼마나 잘 매달리는지 한번 볼까?"

그렉 인들이다. 플릭과 토저는 그 옆에 서 있다. 거참 눈물이 다 날 지경이다. 날 응원하려고 저 아래서 이곳까지 다시 힘들게 올라오는 수고를 아끼지 않다니.

고가 다리 난간에 벽돌 하나가 빠진 틈이 있다. 액셀만 선생은 이 틈에다 내 발을 끼워 넣는다. 나는 이 틈이 등자*라도 되는 양 딛고 서서 말에 올라타듯 난간을 넘어가야 한다.

---

* 말을 타고 앉아 두 발로 디디게 되어 있는 물건. 안장에 달아 말의 양쪽 옆구리로 늘 어뜨린다.

"위로."

그가 말한다.

내가 난간 위에 다리를 걸치자 그가 나를 꽉 잡는다. 엉덩이 밑으로 딱딱한 벽돌이 느껴진다.

"좋아, 그대로 잠깐 앉아 있어봐."

그가 내 허리의 로프를 다시 만지작거린다.

"자, 잘 봐."

그가 난간 너머로 상체를 기울여 약간 아래쪽을 가리킨다. 내 발 옆으로 고가 다리와 연결된 좁은 바위 턱이 있다.

"저 바위 턱 보이지? 이제 천천히 난간을 타고 넘어가 저 바위 턱 위에 똑바로 서도록 해라."

"그렇다고 넘어지진 마."

그렉이 소리친다.

시속 60마일.

"바위 턱 위에 서서 로프에 몸을 맡겨. 그게 네 무게를 지탱해 줄 거야. 알겠지? 상체를 뒤로 젖힌 다음 준비가 되면 뒤로 걷기 시작해."

"하지만 아래를 내려다보진 마, 대니 보이. 밑바닥까진 아주 멀거든."

또 그렉이 소리친다.

40미터. 시속 60마일.

"전 하고 싶지 않아요."

그러나 내가 아무 말도 하지 않았다는 듯 또다시 내 의견은 묵
살된다. 액셀만은 나 대신 그렉에게 입 닥치라고 쏘아붙인 후 다
시 나를 본다.

"자, 해봐."

"싫어요. 만약 떨어지면…."

"그런 일은 절대 없어. 누구도 네가 떨어지도록 내버려두지 않
아. 날 믿어."

*그를 믿으라고? 액셀만은 토저가 움직이지 못하게 발뒤꿈치를 막
고서 밀쳐버렸던 사람이야, 기억하지? 그런데 그를 믿으라고? 다니
엘, 넌 그를 믿을 수 없어. 절대로.*

"전 안 할래요. 안 하겠다고요!"

"에드워즈…."

"싫다니까요!"

"오 맙소사, 또 젖은 신발 사건 꼴이 나겠군. 안 뛰면 벌점이야."

그렉이 소리친다.

"겁쟁이, 저 녀석은 겁쟁이야."

"토저! 그 입 닥치지 못해? 에드워즈…."

그러나 난 이미 난간을 타고 다시 원위치로 돌아오는 중이다. 몸을 숙이고 미끄러지듯 난간에서 내려와 안전지대인 액셀만의 발 위로 착지했다. 그가 나를 빤히 쳐다본다. 그의 이 사이에 껌이 끼어 있다.

"사내자식이 소심하긴."

그가 한숨을 내쉰다.

"일어나. 넌 꼭 저 아래로 내려가게 될 거야, 만약 내가…."

"그만두세요. 얘는 이걸 할 필요가 없어요."

등 뒤에서 어떤 목소리가 말한다. 순간 조용해진다. 로니다.

액셀만 선생은 그를 보려고 돌아선다.

"할 필요가 없다고요?"

로니는 목소리를 높이지 않고 다시 말할 뿐이다.

"네, 그럴 필요 없습니다."

"아뇨, 필요합니다!"

액셀만이 소리친다. 그의 입가에서 침이 튄다.

"얘는 반드시 이걸 해야만 해요! 바로 자기 자신을 위해서요!"

그는 손가락으로 그렉과 나머지 아이들을 가리킨다.

"저 애들이 얘를 뭐라 부르는지 아세요? 저들이 얘를 어떻게 생각하는지는 아시냐고요? 만약 이걸 해낸다면 저들은 얘를 무시하지 않고 존중할 겁니다… 별종이나 괴짜로 보지 않고 자신들의 일원으로 받아들이게 될 거라고요."

"이 아이는 이걸 할 필요가 없습니다."

로니가 다시 말한다. 이번엔 누구라도 알아챌 만큼 그의 목소리에 또렷이 날이 서 있다. 그가 지난번 신발 사건 때와 달리 액셀만 증기 롤러의 밀어붙이기 방식을 내버려두지 않을 것임을 나는 직감한다.

액셀만 선생도 이를 직감했는지 말을 멈춘다. 그는 거칠게 숨을 내쉰 뒤 다시 껌을 씹기 시작한다.

그러고는 내 장치를 벗기기 시작한다. 그러는 동안 나를 쳐다보지도 않는다. 다 마치자 그렉을 향해 몹시 빈정대는 투로 말한다.

"인들. 너희 팀원 중 하나가 오늘 압자일렌을 하고 싶지 않은 모양이다. 너희 팀에 문제가 생긴 거지, 그렇지? 그가 저 아래 바닥까지 어떻게 갈 수 있을까?"

그렉이 어깨를 으쓱한다.

"날아서요?"

액셀만 선생 얼굴엔 미소의 기미조차 없다. 그렉은 그 즉시 경고 신호를 알아챘다.

"잘 모르겠습니다."

"그럼 내가 제안하지. 너희가 양쪽에서 그를 떠안고 데려가는 거다."

"액셀만 선생님…."

로니다.

액셀만 선생이 홱 돌아본다. 이번엔 물러서지 않을 태세다.

"결정은 제가 합니다, 로니. 아시겠어요? 다니엘은 압자일렌을 안 할 겁니다. 하지만 반드시 저 아래로 내려가야 합니다."

"그런 식으론 안 돼요."

"그렇지 않아요. 이번 주 우리는 협동에 관해 배우고 있습니다. 서로를 믿는 것에 관해, 상대를 챙기고 돕는 것에 관해 배우고 있다고요. 그게 공동 생활에 가장 필요한 자세 아닌가요?"

로니가 대답하기도 전에 액셀만 선생이 그렉과 플릭, 토저에게 손가락을 튕겨 신호를 보낸다. 그리고 고갯짓으로 날 가리킨다.

"얘를 실어 날라. 저 아래 바닥으로!"

"저도 걸어갈 수 있어요."

내가 말한다.

그러자 이젠 날 공격하기 시작한다. 액셀만 선생이 내뱉는 모든 말들은 나를 세상에서 가장 하찮은 존재로 보고 있다는 그 생각을 적나라하게 보여준다.

"똑똑이. 넌 무임승차를 하고 싶은 거냐? 좋아, 원한다면 그렇게 해. 하지만 승객이라면 실려 가야지."

그러고는 나머지 셋을 향해 외친다.

"여기, 이 무임승객 실어 가!"

토저가 그 큼직한 손을 내 두 팔 밑에 걸어 들어 올리자 그렉과 플릭이 각각 내 다리 한쪽씩 붙잡고 동시에 들어 올린다. 이렇게 날 떠멘 채 걸어간다. 제방 아래로 나 있는 넓은 길을 따라 계곡 쪽으로.

액셀만 선생은 우리 뒤에서 묵묵히 한 걸음씩 따라온다. 세 사람이 헉헉거리며 가쁜 숨을 몰아쉴 때도, 나를 옮겨 잡을 때마다 그들의 손가락이 내 몸을 파고들어도, 내리막이 험해져서 내 몸이 심하게 흔들릴 때도 단 한 마디도 하지 않았다.

치과 진료대에 누워 있는 느낌을 잘 알 것이다. 치과 의사의 얼굴 외에 어디에도 눈 둘 데가 없는 것 같은 느낌. 내가 꼭 그러했다.

나는 차마 세 사람을 볼 수가 없었다. 단지 하늘과 다가오고 있는 먹구름 층과 구름 위 높은 곳에서 제트기가 만들어내는 비행운을 바라볼 뿐이었다. 있는 힘을 다해 힘껏 응시할 뿐이었다.

아마 그래서 내 눈에 눈물이 고였을 것이다. 내가 아는 거라곤 계곡 바닥에 이르러 이들이 날 내려놓았을 때 이 눈물을 닦아야 했다는 것뿐이다.

•

"같이 앉아도 될까?"

로니는 내 대답을 기다리지 않았다. 제방에 앉아 있는 내 옆에 와서 앉을 뿐이었다. 아이들의 조소와 야유 섞인 함성을 뒤로한 채 나는 호수로 왔다.

"말하고 싶니?"

그가 묻는다.

"뭐에 관해서요?

"압자일렌."

"말할 게 뭐가 있겠어요? 하지도 않았는데."

서쪽에서 구름이 질주하듯 휙휙 몰려와 에보 다운 위로 모여들고 있다. 여기서 모두 만나기로 약속이라도 한 것 같다.

"두려움은 죄가 아냐, 다니엘. 너도 잘 알겠지만."

내가 어깨를 으쓱한다.

"그런 얘긴 액셀만 선생님한테나 해주세요."

로니는 가볍게 한숨을 내쉰다.

"너희 선생님은 아마 이해하지 못할걸. 두려움은 곧 약함의 증거라고 생각하는 사람이니까."

달려라, 파문아, 어서 달려.

"그게 나쁜 건가요?"

갑자기 화가 치밀어 내가 묻는다.

"난 그냥 달아나고 싶었던 것뿐이에요. 파문처럼⋯."

난 작은 돌멩이 하나를 집어 호수로 던지려 한다. 팔을 뒤로 젖히는 순간 로니가 내 팔목을 잡고 손을 비틀어 돌을 빼앗는다.

그러더니 저번처럼 뜬금없이 묻는다.

"이게 뭔지 아니?"

그가 손에 있는 돌조각을 장난감처럼 만지작거리며 나를 쳐다본다.

나는 어깨를 으쓱하며 고개를 가로젓는다.

"이거요? 돌멩이가 돌멩이지, 뭐겠어요?"

"아니야, 달라. 이건 석회암이야. 네가 체다 협곡에서 보았던 것과 같은 종류지."

그의 손에 있는 돌멩이를 더 자세히 본다. 짙은 회색 돌일 뿐, 아무리 봐도 특별한 건 없다. 나는 머릿속에서 이 돌멩이를 수십 억 배로 늘려 협곡의 깎아지른 듯한 그 절벽을 그려보려고 애쓴다.

"다니엘, ⋯넌 그 협곡이 어떻게 만들어졌다고 생각하니?"

마치 신이 만든 틈새를 지나가는 듯했어. 그리스 신화에 나오는 어떤 신이 언덕을 향해 도끼를 휘둘러 만들어놓은 것 같은 틈새를⋯.

"지진이겠죠."

로니는 고개를 젓는다.

"아니, 물이야… 눈석임물. 빙하기가 끝나고 눈이 녹은 물이 급류가 되어 맨딥 힐즈에서 흘러내려온 거지. 제 평형을 유지하려고…."

그가 호수 맞은편에 닿아 있는 바위들과 그 위로 펼쳐진 에보다운을 가리킨다.

"저기 저쪽도 똑같아. 너는 볼 수 없겠지만. 에보 다운 중심부는 사암으로 되어 있어. 하지만 네가 지금 보고 있는 바깥 부분은…."

그가 다시 그 돌멩이를 집어 든다.

"…바로 이런 석회암으로 되어 있지."

"그래서요?"

그는 한결같은 시선으로 나를 바라본다.

"다니엘, 석회암에 관해 뭘 알고 있니?"

나는 어깨를 으쓱한다.

"무슨 말인지 모르겠어요."

"이 암석은…"

그가 손을 내민다.

"단단할까? 강할까?"

"강하겠죠. 그렇게 보이잖아요."

"그래, 그렇게 보이지. 하지만 보이는 것만큼 단단하진 않아. 빗

물이 이 암석에 어떤 영향을 주는지 알고 있니?"

"어떤 영향인데요?"

"빗물은 이걸 녹인단다. 물론 그렇게 되기까진 아주 오랜 시간이 걸리지만. 그래도 결국 물이 승리하지."

그는 손에 든 석회암 조각을 공처럼 툭툭 쳐올린다.

"다니엘, 왜 이곳을 토끼굴 골짜기라고 부르는지 아니? 저 바위들이 아주 강하고 단단해 보여도 그 속은 토끼굴 같기 때문이지. 물이 제 평형을 유지하려고 그 속으로 흘러들어 바위를 부식시키고 있거든. 비는 해마다 어김없이 내려. 게다가 폭풍우가 몰아치면….''

그가 머리를 흔든다. 마치 어떤 기억이 떠오른 것처럼.

"다니엘, 에보 다운에서 내려온 물은 네가 지금껏 본 적 없는 무시무시한 힘을 지닌 채 동굴 속으로 들이닥칠 거야. 물이란, 특히 성난 물은 제 평형이 어딘지를 알고 있고, 그 길을 방해하는 어떤 것도 남겨두지 않는단다."

갑자기 그가 돌아서더니 그 석회암 덩이를 호수로 집어 던진다. 버섯 모양의 물기둥이 솟구쳐 오르고 이내 잔물결이 퍼지기 시작한다.

달려라, 파문아, 어서 달려.

"다니엘, 좀 전에 네가 저 파문 같다고 했는데, 달아나고 있었다고. 맞니?"

내가 고개를 끄덕인다.

로니는 나와 눈을 마주치기 위해 몸을 숙인다.

"다니엘. 사실 저 물결들은 말이야, 달아나고 있는 게 아냐."

파문이 수면에서 점점 희미해져 서서히 사라지고 있다.

"다니엘, 저 물결들은 처음 나왔던 지점으로 돌아가고 있는 거란다. 더 많은 걸 위해 물러나는 거지."

나는 그가 뭘 말하려는 건지 알아차린다. 적어도 난 그렇게 생각한다.

"돌아가고 있다고요? 결국 나도 그렇게 하라는 말이군요. 그냥 참고 견디라고. 더 많은 걸 위해 그냥 돌아가라고, 그렇죠?"

"그래, 맞아."

그가 조용히 말한다.

"못 해요. 할 수 없어요."

"넌 할 수 있어. 내가 보기에 넌 아주 강한 아이야. 저 물처럼."

"강하다고요?"

내가 소리친다.

"더 많은 걸 위해 돌아가는 거요? 그건 강한 게 아니잖아요. 한심한 거지! 나는 이길 수 없어요. 절대 그들을 이길 수 없을 거라고요!"

아무 말 없이 로니가 눈을 돌려 호수를 바라본다. 수면은 다시 잔잔하다. 그 물결들은 어느새 사라지고 없다.

"다니엘, 난 그 물이 보여. 그런데 그 돌멩이는 어디 있을까?"

12

한 번의 추락에서 살아남아 또 다른 추락으로 죽는구나.

이 어리석은 농담이 내 마음속을 스쳐가는 순간에 나는 그것을 발견했다.

"저길 봐! 그 바위 턱이야!"

이 말을 하면서도 나는 실상 바보 같은 말이라고 생각했다. 토저가 볼 수 있는 바위 턱은 없다. 이젠 보이지 않는다. 중요한 건 바로 이것이다. 지금은 없다는 것. 우리 머리 위 빛줄기 속에서 잠시 모습을 드러냈던 건 바위 턱이 아니라 삐죽삐죽한 바위 가장자리였을 뿐이다.

"어디로 사라져버렸지?"

토저가 묻는다.

설명은 단 하나뿐이다. 나는 토저가 미친 듯이 돌멩이를 집어던지는 동안 쏟아져 내렸던 흙과 돌무더기를 가리킨다.

"네가 저렇게 만들었겠지."

"말도 안 돼! 내가 무슨 슈퍼맨이라도 되는 줄 알아? 내 힘으로 저걸 무너뜨렸다고? 아냐. 어차피 곧 무너지려던 거였을 거야."

뭔가 앞뒤가 딱 맞아떨어진다. 나는 바닥에 쓰러져 있는 형체를 바라본다. 그가 했던 마지막 말이 기억난다.

"조심해. 이 안은 미끄러워."

나는 배낭 속을 뒤져 손전등을 꺼낸다. 강한 빛줄기를 위쪽으로, 암벽의 어두운 부분이라고 생각했던 쪽으로 비춘다. 지금은 입구에서 새어 들어오는 빛줄기 덕분에 그 부분이 보인다.

"저길 봐! 그 바위 턱이 있었던 데를 좀 보라니까."

"뭐라고?"

"저기! 구멍이라고!"

바위 턱이 없어진 가장자리 위로, 암벽 면에 둥근 구멍이 하나 있다. 구멍이 거의 동굴 지붕까지 닿아 있는 것 같다. 내가 방금 본 것을 설명하자 토저가 위를 쳐다본다.

"저건 통로가 틀림없어. 길이라는 뜻이지. 우린 단순한 웅덩이에 빠졌던 게 아냐."

나는 다시 빛줄기가 스며드는 지점, 다시 말해 바위 턱이 있었던 지점 맞은편의 훨씬 더 위를, 우리가 들어온 입구였던 곳을 바라본다. 바위들 사이로 가는 물줄기들이 새어나오고 있다. 나는 이렇게 계속 찾다보면 또 다른 바위 턱의 울퉁불퉁한 잔해를 볼 수 있을 거라 생각한다.

"저 구멍 말이야, 입구에서부터 저 구멍까지 경사진 내리막이었던 게 분명해. 하지만 지반이 약했을 거야. 누군가가 그 위를 밟기만을 기다렸겠지. 그 밑에 있는 이 장소와 함께."

썩은 이에 난 구멍처럼.

"저게 터널이란 말이야? 그럼 출구가 될 수도 있단 말이네. 그렇지? 지금 그 얘기지?"

갑자기 토저가 내 말을 가로챈다. 난 그의 희망을 부추기려고 한 게 아니었다. 단지 내가 해결한 수수께끼의 답을 설명해주었을 뿐. 그런데 이걸 그런 식으로 받아들이지 않는다. 당연하게도.

"저기 닿기만 하면 좋겠는데! 안 그래? 어떻게 하면 저기에 오를 수 있지?"

토저의 들뜬 목소리가 축축한 벽을 때리고 동굴 천장까지 메아

리쳐 울린다.

"말 좀 해봐! 넌 소문난 똑똑이잖아! 어떻게 저기에 올라갈 수 있냐고!"

"모르겠어."

이젠 내가 침묵할 차례다. 아무 말도 하지 않는 것으로 난 내 패배를 인정한다.

이번엔 토저가 이 침묵을 깨트린다. 화난 목소리는 아니었다. 그저 자신이 하는 말을 곱씹는 것처럼 아주 천천히 말을 이어나간다.

"왜 내가 널 그렇게 힘들게 했는지 궁금했겠지."

내가 그를 쳐다본다.

"그래. 왜 그랬어?"

"사실 난 한 번도 그 이유를 생각해본 적 없었어. 그래서 좀 전에 네가 물었을 때 한 방 얻어맞은 것 같았지."

그가 한숨을 내쉰다.

"내가 무슨 생각 하는지 알아?"

"무슨 생각?"

"난 네가 부러워."

부럽다고? 나 같은 괴짜가?

그러고는 차분히 말을 잇는다. 그 목소리가 어둠 속에서 잔잔히

울린다.

"모두 마찬가지일 거야. 다들 널 질투하고 있어. 나도 그렇고."

토저가 어설프게 웃는다.

"이번 활동에서 내가 너와 묶이고 싶지 않았던 이유 말이야. 그건….'

내가 그를 향해 고개를 돌린다.

"나와 묶였다고? 토쉬, 네게 다른 가능성은 없었어. 항상 나와 묶이도록 되어 있었단 말이야."

내가 손짓으로 우리를 가둬놓은 웅덩이 바닥을 가리킨다.

"저 사람은 이걸 알고 있었어."

•

커다란 막사에 들어가자 지도들이 펼쳐진 채 우리를 기다리고 있었다. 각 팀당 테이블 하나씩, 그리고 그 위에 지도가 하나씩 놓여 있었다.

그게 정말 오늘 아침에 봤던 광경이었을까? 불과 오늘 아침에?

액셀만 선생은 이리저리 서성이며 우리가 자리에 앉길 기다리고 있었다. 로니의 모습은 어디에도 보이지 않았다.

로니는 왜 없지? 이때 문득 떠오른 생각, 그 선생님은 왜 자기를

레드로우와 로멕스 선생은 앞에서 수업 자료를 분류하고 있었다. 액셀만 선생이 고갯짓을 하자 로멕스 선생이 분류된 자료들 중 한 장을 건네주었다. 그사이 레드로우 선생은 나머지 자료를 각 테이블에 하나씩 나눠 주기 시작했다.

"오늘 오후!"

액셀만 선생이 서성이며 말을 꺼냈다.

"너희는 오리엔티어링이라는 귀중한 경험을 하게 될 것이다. 오리엔티어링이 뭐냐고? 너희들의 기지와 두 다리를 이용해서 그리고 협동심을 발휘해 이 야산에서 길을 찾는 것이다! 방금 레드로우 선생이 각 팀장에게 나눠준 자료에 너희가 오늘 찾아가야 할 길이 표시되어 있다."

선생의 말이 끝나자마자 궁금증을 참지 못한 아이들이 사방에서 종이를 뒤적거린다. 그는 이 소리가 잠잠해지길 기다린다.

"자료엔 A에서 G까지 일곱 개의 지점이 표시되어 있다. 너희는 표시된 각 지점에 들러 거기에 적힌 암호 숫자를 찾아내야 한다. 주어진 시간은 딱 두 시간, 단 1분도 더 허용되지 않는다. 각 팀은 함께 나가 표시된 지점을 다 들른 뒤 반드시 함께 돌아와야 한다. 그럼 지금부터 각 팀별로 어떻게 갈 건지 경로를 짜도록 해라."

액셀만 선생의 말이 끝나자 잠시 침묵이 흐른다. 그러나 곧 의자 움직이는 소리와 말소리가 들리기 시작한다.

그렉 인들은 지도를 제 앞으로 돌려놓으며 팀을 지휘하기 시작한다. 플릭이 의자를 끌고서 그렉의 팔꿈치께로 다가간다. 토저는 기껏해야 테이블의 측면까지밖에 접근할 수 없다. 그는 의자 위에 무릎을 꿇고 앉아서 지도를 바로 보려고 고개를 비튼다.

나는 그렉과 마주 보고 앉아 있다. 사실 남은 자리는 여기뿐이다. 그는 자료에서 일곱 개의 지점을 확인한 뒤 지도에다 동그라미와 알파벳 글자로 그 지점을 표시한다. 완성된 모습이 마치 점선 잇기 퍼즐 같다. 이 점들을 다 이으면 하트 모양이 될 것이다.

우리가 있는 현재 위치에서 A, B, C지점은 북쪽과 서쪽으로 불룩하게, D, E, F지점은 반대쪽인 동쪽과 북쪽으로 불룩하게 모양을 그리며 호수 가장자리까지 이어져 있다. 마지막 일곱 번째 지점인 G는 C와 F사이의 중간 지점에서 남쪽으로 좀 더 내려온 곳에 위치해 있다. 그렉이 말한다.

"됐어, 바로 이게 우리가 찾아가야 할 지점들이야. 이제 남은 건 최상의 경로를 알아내는 것뿐이야."

토저가 지도 쪽으로 몸을 숙인다.

"일단 A로 가자."

그가 엄지손가락으로 일직선을 긋는다.

"이게 가장 빠른 길이야."

"네 말이 맞아, 토쉬."

플릭이 들뜬 목소리로 열의를 보인다.

"정말?"

플릭이 지도를 자세히 살핀다.

"응. 그러니까 내 말은 이 거리가 얼마 안 될 거라는, 음, 한 2센
티미터쯤 되려나? 토쉬 너처럼 큰 발이 아니더라도 오래 걸리지
않을 거라는 말이지."

그러자 그렉이 플릭을 거칠게 밀치고 토저를 쳐다본다.

"토쉬, 정신 좀 차려. 저 문밖으로 나가기 전에 네 뇌가 제대로
붙어 있는지 확인부터 해보라고."

그러고선 지도를 탁탁 두드린다.

"이 등고선을 좀 봐."

지도 상의 출발점과 A지점 사이엔 조밀한 등고선들이 빼곡히
들어차 있었다. 플릭이 대신 아는 척을 한다.

"이건 여기에 큰 언덕이 있다는 뜻이야. 커다란… 언덕. 왜 있잖
아, 잭앤질*에 나오는 그런 언덕. 너희 엄마는 아직도 너한테 그런
노래 불러주지?"

"위대한 요크공**이 더 비슷하지."

그렉이 빈정거린다.

"토쉬가 바로 그 공작이잖아. 토쉬도 우리가 저 언덕 꼭대기까

---

*, ** '잭앤질', '위대한 요크공' 둘 다 어린이를 위한 영국 전래동요이다.

지 올라갔다 내려오길 바라거든."

그가 지도를 쿡쿡 찌르며 단언한다.

"우린 바로 이 길로 가야 해. 언덕 밑을 빙 돌아가는 거지."

토저가 유심히 본다. 하지만 이해하지 못한다.

"왜? 더 멀잖아, 안 그래?"

그렉이 한숨을 푹 내쉰다.

"그래, 당연히 더 멀지. 하지만 이 길이 더 빠를 거야."

"아하, 결국엔 말이지."

플릭이 추임새를 넣는다.

바람 빠진 타이어처럼 토저가 다시 자리에 털썩 주저앉는다. 그
렉은 이리저리 거리를 재고 표시를 해가며 일곱 개의 지점을 모두
거쳐 가장 빨리 돌아올 수 있는 길을 찾아내느라 열심이다. 그는
아주 잘하고 있다. 능숙하고 영리하게. 하지만 뭔가를 빠트렸다.

마침내 그가 자리에 앉는다.

"이제 다 됐어. 이게 우리가 가야 할 경로야. 다들 동의하지?"

플릭이 고개를 끄덕인다.

토저는 똑바로 앉아 멍하니 지도를 바라본다.

"…그래, 한번 해보지 뭐. 못 할 게 뭐야?"

그렉이 손을 번쩍 든다. 액셀만 선생을 불러 그의 승인을 받으
려는 것이다.

"대니 보이, 네 생각은 어때? 이 경로가 괜찮아?"

그가 어깨 너머로 묻는다.

나는 어깨를 으쓱한다. 아무 말 없이….

달려라, 파문아, 어서 달려.

그렉이 플릭에게 능글맞은 미소를 날리며 이렇게 덧붙일 때까지는.

"일부러 고가 다리는 모조리 피했어."

갑자기 화가 치민다. 로니의 목소리만이 내 머릿속을 쾅쾅 울려대고 있다.

다니엘, 난 그 물이 보여. 그런데 그 돌멩이는 어디 있을까?

…그리고 지금 내가 하고 싶은 건 오직 하나, 그렉 인들을 물에 빠트리는 것뿐이다. 내가 할 수 있는 어떤 방법을 이용해서든 그를 물에 빠트리고 싶다.

"아니,"

내가 말을 탁 낚아챈다.

"내가 보기에 이 경로는 별로야. 성공하지 못할 거야."

"무슨 소리야? 성공하지 못할 거라니?"

그렉의 손이 총알같이 내려온다. 능글맞은 웃음이 싹 가셨다.

"액셀만 선생님은 두 시간을 준다고 했어. 그 시간에 다 돌기엔 이 경로는 너무 멀어."

그가 잠시 나를 빤히 쳐다보더니 본래 모습으로 돌아간다. 그리고 드디어 대꾸한다.

"총 14킬로미터야. 두 시간이면 충분히 달릴 수 있어."

"달린다고? 설마, 농담하지 마!"

플릭까지 몰아세우자 그렉의 표정이 더욱 굳어진다.

나는 다시 차분히 말한다.

"어쨌든, 이건 단순히 목표지까지 찾아가는 활동이 아냐. 그곳에 숨겨져 있는 표시들까지 찾아내야 해. 액셀만 선생 성격으로 보건데, 아마 덤불 속이나 나무 위에 숨겨놓았을 거야."

"쓰레기 같은 인간."

토저가 으르렁거린다.

다시 그렉이 나를 향해 말한다. 아주 매혹적으로.

"그래서 네 생각은 뭔데? 네 답은 뭐야?"

나는 그에게 답을 준다.

"나눠지는 거지."

"뭐라고?"

나는 손가락으로 하트 모양의 양쪽 선을 따라가며 지도 위에 경로를 그려나간다.

"두 사람은 여기 A, B, C로 가고…."

서쪽을 따라 불룩한 모양을 그리며 내려간 다음 동쪽으로 손가락을 옮긴다.

"…그 사이 나머지 두 사람은 D, E, F로 가는 거야."

그렉의 표정이 구겨지더니 의기양양 승리자의 눈빛으로 날 쏘아본다.

"대니 보이, 뭔가 중요한 걸 잊은 것 같은데? 액셀만 선생은 우리가 함께 가야 한다고 말했어."

가라앉아, 그렉. 밑으로 가라앉아버려.

"아니, 그게 아냐. 액셀만이 말한 건 '팀별로 함께 나가 표시된 지점을 다 돌고 함께 돌아와야 한다'는 거였어. 모든 팀원이 내내 함께 돌아다녀야 한다는 말은 아니었어."

하트 중앙에 있는 마지막 지점을 가리키며 내가 말한다. 그는 마치 내가 손가락으로 자신의 심장을 찌르기라도 한 듯한 표정을 짓고 있다.

"우린 여기 G지점에서 다시 모여 함께 돌아오면 돼."

난 잠깐 말을 멈추고 그의 눈을 똑바로 응시한다.

"난 이게 바로 팀워크, 협동이라고 생각해."

플릭이 천천히 고개를 끄덕인다.

"대니 말이 맞아. 이렇게 하면 각자 약 6킬로미터씩만 돌면 되잖아. 두 시간이면 충분할 거야."

"훌륭해, 대니 보이."

굳은 표정으로 그렉이 말한다. 그가 천천히 다시 손을 들어 올린다.

액셀만 선생이 곧바로 우리 쪽으로 다가온다.

"그래, 너희들 계획은 뭐냐? 설마 원숭이 다리에 매달려 그네 타듯 나무 사이를 통과하려는 건 아니겠지?"

그렉이 지도를 앞쪽으로 밀며 자신이 그려놓은 지점들을 가리킨다. 이것들을 액셀만 선생이 재빨리 훑어본다.

"그래서 너희 경로가 이거야? 너희는 지금 1위 팀에 비해 한참 뒤쳐져 있어. 그래도 이걸 제대로만 한다면 꼴찌는 면할 수 있겠구나."

"우린… 팀을 나눌 거예요. 두 조로 나눠 각각 세 지점씩 돈 다음 마지막에 만나는 거죠."

"훌륭해!"

액셀만 선생의 표정이 밝아진다.

"아주 좋아. 누구 아이디어지?"

그렉은 날 쳐다보지 않는다.

"모두 함께 의논한 결과예요."

"좋아. 인들, 따라와. 지도를 한 장 더 가져가야지. 두 조가 똑같은 지도를 갖고 있으려면 다른 한 장에도 표시를 해야지."

그가 우리 테이블 주위를 유심히 살핀다.

"반드시 둘씩 짝지어야 해, 알겠지? 혼자선 아무리 애써봐야 소용없어. 난 너희 중 누군가가 홀로 이 야산을 헤매는 걸 절대 용납하지 못한다. 그럼, 누가 누구와 함께 가는 거지?"

"그건 아직 정하지 않았어요."

그렉이 대답한다.

"그래도 함께 가고 싶지 않은 사람은 있죠."

내 쪽을 힐끗 쳐다보며 토저가 중얼거린다.

"원숭이, 아마 나머지 세 명도 너와 똑같은 생각일 거다."

이번만은 토저의 헤벌쭉한 웃음이 보이질 않는다.

"좋아. 인들, 조를 나누는 문제는 너의 그 유능한 손에 맡기도록 하마."

액셀만 선생이 돌아서 가다 말고 우뚝 멈춘다.

"하지만 원숭이 기분도 생각해주는 게 좋아. 짝은 동전 던지기로 정하도록 해. 아니면 감자 세기를 하든가, 응?"

마음속으로 우리가 침대를 정하던 날 방 창문을 통해 우리를 지켜보던 그의 모습이 떠오른다.

"감자 세기요? 그거 좋은 생각이네요. 감자 세기로 할게요. 토쉬, 괜찮지?"

•

어둠 속에서 토저의 목소리가 돌아온다.

"내게 다른 가능성이 없었다니, 그게 무슨 말이야?"

"말 그대로야. 너와 난 줄곧 짝으로 묶일 수밖에 없었다고."

"하지만 그건 감자 세기로 정한 거잖아."

"물론 감자 세기를 했지. 바로 그게 문제야. 그 게임의 원리는 결코 바뀌지 않거든."

"무슨 말인지 모르겠어…."

"그럼 이걸 잘 생각해봐. 네가 플릭의 침대를 갖겠다고 고집하던 날 기억하지? 어째서 그렉이 너부터 감자 세기를 시작했을까? 왜? 그건 말이야 결과를 예측할 수 있기 때문이야. 어디서부터 시작하느냐에 따라 결과가 미리 정해진다는 말이지."

어둠 속에서 끊임없이 들려오는 물소리 사이로, 토저가 거칠게 몰아쉬는 숨소리가 들린다. 들이쉬고 내쉬고, 들이쉬고 내쉬고. 마치 머릿속에 그 장면을 그려보려고 기를 쓰는 듯하다….

그렉 인들이 말한다.

"주먹 세워, 토쉬. 너와 플릭 중 먼저 아웃되는 사람이 대니 보이와 짝이 되는 거야. 아주 공정하지?"

그때 그 말은 마치 이런 의미처럼 들렸다.

"토쉬, 난 네가 이겼으면 좋겠어. 플릭은 진짜 골칫덩어리거든."

그렉 인들은 토저의 오른쪽 주먹부터 시작해 그의 왼쪽 주먹 방향으로 세어나간다.

"감자 하나, 감자 둘….."

"그러니까, 그게 조작이었단 말이지?"

토저가 멍하니 말한다.

"그래. 그렉은 네가 나랑 짝이 되도록 만들었던 거야."

토저가 마구 욕을 퍼붓는다. 크고 또렷하게.

그리고 거의 숨죽인 소리로 중얼거린다.

"그렉, 만약 여기서 나갈 수만 있다면 너를….."

·

내가 보기에 토저는 점점 희망을 잃고 있었다. 우리는 벌써 세 시간째 이곳에 갇혀 있다.

게다가 토저는 "여기서 나갔을 때…"라고 말하지 않았다.

대신 이렇게 말했다.

"만약 여기서 나갈 수만 있다면….."

13

우리는 어지럽게 가지를 뻗고 있는 참나무 아래에 모여 있었다.
출발 지점이었다.

"비가 올 것 같은데."

그렉 인들이 의심쩍은 눈초리로 하늘을 쳐다보며 말했다. 그는
내 신발을 내려다보더니 플릭과 눈빛을 주고받았다.

"이번 주는 완전히 별로였어."

"별 수 없지, 팀에 얼간이가 둘씩이나 있는데 뭘 더 바라겠나?"

토저에게는 들리지 않게 플릭이 소곤댔다. 액셀만 선생은 대답
은 듣지도 않고 이것저것 물으며 분주히 돌아다니고 있었다.

"다들 비옷은 챙겼겠지? 호루라기도 챙겼나?"

모두들 허겁지겁 제 짐을 뒤져 확인하느라 한바탕 소동이 인다.

꼭 실습 중인 10여 명의 심판들을 보는 듯했다.

"좋아, 됐어. 너희가 호루라기를 챙긴 데는 다 이유가 있다. 도중에 길을 잃거나 팀과 떨어지게 되었을 때 그걸 사용하도록 해라."

그러고는 한쪽에 묵묵히 기다리며 서 있는 로니를 향해 고개를 끄덕인다.

"이 활동이 진행되는 동안 로니와 나는 이 일대를 계속 순찰할 것이다. 그러니 만약 길을 잃게 되면 다른 데로 가지 말고 그 자리에서 계속 호루라기를 불어라. 우리 중 한 사람이 듣고 곧장 달려갈 것이다."

나는 배낭 오른쪽 주머니를 살핀다. 호루라기와 손전등이 있다.

오른쪽은 구멍.

액셀만 선생이 마지막으로 주위를 빙 둘러보다 토저 앞에서 멈춘다. 그를 제외한 모든 아이들이 목에 나침반을 걸고 있다.

"원숭이! 나침반 어쨌어?"

토저가 주섬주섬 자켓 주머니를 뒤지더니 붉은 줄이 달린 나침반을 꺼낸다.

"그 안에 처박아두면 어떡해, 엉? 당장 목에 걸어. 그리고 그걸 사용하도록 해. 운이 좀 좋으면 도와줄지도 모르지. 네가 제자리에서 맴돌다 혼자 사라지지 않도록 말이다."

웃음이 마지막 중얼거림을 덮어버린다. 토저는 여느 때처럼 말 없이 헤벌쭉 웃는다.

"자, 모두 출발!"

액셀만 선생이 외친다.

우리가 움직이기 시작하자 토저는 곧바로 나침반을 주머니 속에 다시 넣어버린다.

갈림길을 향해 나아가는 동안 그렉은 지도를 들고 앞서가고 플릭은 그 옆에 바싹 붙어 있다. 별로 서두르는 것 같지 않다. 나도 마찬가지다. 나는 이들을 뒤따라가며 내 걸음을 세고 그걸 이용해 지나온 거리를 계산하는 데 푹 빠져 있다.

"너무 천천히 가는 거 아냐?"

토저가 주위를 돌아보며 말한다. 그는 마른 나뭇가지로 골프채를 만들어 무성한 고사리 숲을 후려치며 앞서가고 있다.

"그렇게 서두를 것 없어, 토쉬. 어차피 우린 우승권 밖이니까."

"그래서 우리가 달리지 않는 거지."

그렉의 말에 플릭이 거든다.

풀로 뒤덮인 움푹 꺼진 지대를 지나자마자 길이 구부러진다. 이 길을 따라가자 내 나침반 바늘이 돌아간다.

"바로 저기야, 팀장!"

플릭이 소리친다.

우리 앞에서 길이 두 갈래로 나뉘어 있다. 그렉이 나를 쳐다본다. 우리가 출발한 이후 처음으로 내 존재를 인정한 것이다.

"그렇다면, 이제 우리가 헤어져야 할 때가 온 거네?"

그가 이를 드러내지 않고 살짝 미소를 지으며 말한다.

"플릭, 준비됐지?"

그리고 더 큰 목소리로, 한가롭게 장난치고 있는 토저를 향해 말한다.

"이따 보자, 토쉬."

토저는 대답하지 않는다. 삐죽삐죽 튀어나온 가지들을 마냥 후려치고 있을 뿐이다.

"지도는?"

내가 묻는다.

"뭐라고?"

"지도 달라고. 액셀만 선생님한테 한 장 더 받았잖아."

"아참, 그렇지."

그가 어깨에서 배낭을 내려 나중에 받은 지도를 꺼내 준다. 지도 안에 일곱 지점이 굵은 십자로 표시돼 있다. 지도 가장자리에는 좌표가 적혀 있다.

"내가 미리 준비해뒀어, 대니 보이."

그가 말한다.

나는 지도를 힐끗 쳐다본다. 일곱 개의 십자 표시와 하트 모양이 눈에 띈다. 그런데 똑바로 놓고 보니 왠지 하트 모양이 좀 다른

것 같다. 우리가 앞으로 따라가야 할 길의 방향이 다른 지도에서
보다 조금 더 옆으로 튀어나온 것처럼 보인다. 하지만 따지고 있
을 때가 아니다. 지금까지 충분히 꾸물거렸다. 시간이 촉박하므로
어쨌든 서둘러야 한다.

그렉과 플릭이 나란히 자신들의 길 방향으로 떠나며 어깨 너머
로 소리친다.

"마지막 지점에서 보자. 길 잃어버리지 마!"

갑자기 토저와 나, 둘만 덩그러니 남았다. 그리고 침묵이 이어
진다.

이때 난 깨닫는다. 여기엔 그렉도 없고 플릭도 없다. 액셀만도
없다. 지켜보는 사람은 아무도 없다. 오직 토저와 나 둘뿐이다. 그
와 내가 이렇게 둘만 있어본 적이 있던가? 처음이다.

이 서먹한 상황에서 무슨 말을 해야 할지 몰라 난감하기만 하다.

토저도 마찬가지다. 내게 무슨 말을 해야 할지 몰라 적잖이 당
황하는 눈치다. 지금까지 그는 시시콜콜한 얘기들을 마구 지껄여
왔다. 그런데 지금은 그 많던 수다거리가 다 말라버린 모양이다.

그는 내 쪽은 보지도 않는다. 한가롭게 고사리 이파리만 이리저
리 쳐대고 있다. 이때 또 하나의 깨달음이 내 머릿속을 스친다. 그
는 나보다 더 이 상황이 불편하고 짜증스러운 것이다.

"지도 필요해?"

그는 고개를 내젓더니 손에 든 나뭇가지 끝을 하릴없이 툭툭 차

댄다.

나는 걷기 시작한다. 그가 일정한 거리를 유지한 채 뒤따라온다.

지도에 나와 있는 것처럼, 길은 점점 희미해지다가 100미터 이내에 자취를 감춘다. 내 계산에 따르면 우리는 북동쪽으로 가야 한다. 나는 지도에 나침반을 올려놓고 눈에 보이는 지형지물을 파악하면서 이를 확인한다. 생각이 더욱 분명해진다.

"이쪽이야, 그렇지?"

나무들 사이로 난 좁은 길을 가리키며 내가 말한다.

토저는 아무 말도 하지 않고 어깨만 으쓱한다. 내가 다시 멈출 때까지 조용히 뒤따라올 뿐이다. 나는 지도를 토저 쪽으로 내민다.

"짐마차가 다니던 길이 여기쯤 있어야 해. 이게 어디로 향하는지 보이지? 그곳에 도착하면 우린 먼저 나침반을 이용해 D지점을 찾아내야 해."

난 그렉의 십자 표시를 가리킨다. 이 표시 바로 옆에 굵은 글씨로 D라고 적혀 있다.

"이 지점은 근방 50미터 이내에 있을 거야."

또다시 그가 내 말을 무시하는 건가 싶었는데 그가 갑자기 돌아선다.

"난 지도를 보고 싶지 않아, 알겠어? 넌 똑똑하잖아. 난 그냥 너만 따라갈게."

그는 평소처럼 괴짜를 괴롭히는 악당의 모습을 되찾으려 애쓴다. 하지만 마음대로 잘되지 않는 게 분명하다. 그의 행동에서 이전에는 보지 못했던 무엇인가가 느껴진다.

그는 불안한 거야. 나보다 더 불안하고 초조한 거야. 우리는 지금 온통 각도와 측정과 수치에 관한 것들만 다루고 있잖아… 저 애는 이것들을 알 수가 없어. 가라앉아, 토저! 물속에 빠져버려, 깊이!

"그럼 따라와. 길은 이쪽이야."

그 짐마차 길은 내가 예상한 바로 그곳에, 북쪽에서 동쪽으로 팔꿈치처럼 구부러져 있다. 내가 나침반으로 방위를 확인하려고 팔꿈치 지점에서 멈추자 그도 따라 멈춘다.

"바로 저기야."

관목과 가시나무들이 무성히 우거져 있는 곳을 가리키며 내가 말한다.

"아무것도 안 보이는데."

이번엔 내가 그의 말을 무시해버린다. 나는 나침반을 앞으로 내밀고, 요동치는 바늘에 시선을 둔 채, 발걸음을 세며, 앞서 계산했던 방향으로 계속 나아간다. 토저는 날 따른다.

"대체 그 길이 어디 있는 거야?"

관목 숲에 이르자 토저가 말한다.

"20미터쯤 더 가야 돼. 분명 이 숲 뒤쪽에 있을 거야."

나는 이쪽저쪽을 둘러본다. 토저가 길을 돌아 작은 틈새를 빠져나간 후 뒤로 물러설 때, 그가 머리부터 들이댔더라면 그의 얼굴을 후려쳤을 가지들이 그의 어깨를 가볍게 치고 튀어 올랐다. 그 모습을 보자 기막힌 아이디어가 번뜩 스친다.

아주 쓸 만한 걸. 내가 왜 진작 그 생각을 못 했지?

슬그머니 자리를 바꿔 그를 앞장세운다.
"내 이럴 줄 알았어. 전형적인 액셀만 스타일이야."
갑자기 토저가 으쓱함과 경멸을 동시에 담아 말한다.
그는 숲 뒤쪽의 작은 공터에 숨겨져 있는 D표지 옆에 서 있다. 맞은편에서는 보이지 않는 곳이다.
"2—2—8."
그가 몸을 숙여 암호 숫자를 소리 내어 읽는다. 그리고 나를 쳐다보며 말한다.
"성공이야. 그렉이 기뻐할 거야."
그리고 그는 생생하게 미소 짓는다….

•

동굴 안이 다시 어두워지고 있다. 우리 위로 새어드는 빛줄기가 점점 희미해진다. 우리의 희망이 이 빛줄기와 함께 사라지고 있는 것만 같다.

"우리가 곧 여기서 나갈 수 있을 거 같아? 어?"

토저가 불쑥 묻는다.

"우린 벌써 세 시간을 넘겼잖아, 안 그래?"

토저가 내게 가까이 다가온다. 그가 몸을 떠는 게 느껴진다.

"그렉이 불쌍하게 됐군. 그 애는 지는 데 익숙하지 않거든."

"뭐야, 너 지금 그렉이 네 친구라는 걸 잊어버린 건 아니지?"

토저는 잠시 아무 말도 하지 않는다. 그 침묵 사이로, 저 위 먼 곳에서 천둥이 낮게 우르릉거린다.

이윽고 토저가 말한다.

"아냐."

"뭐가?"

"그렉 말이야. 내 친구 아니라고. 진짜는 아냐. 플릭도 그렇고."

내가 웃는다.

"아니, 그들은 네 친구들이야! 그 애들이 너를 속여서 나와 묶어 놓기 전부터!"

"아니, 그렇지 않아. 개들은 나와 친구인 적 없었어. 진짜 친구는 아니었단 말이야. 뭐 둘은 서로 진짜 친구겠지. 하지만 나하고는 아냐. 난 지금껏 한 번도 진짜 친구를 가져본 적이 없어."

그건 나도 마찬가지야.

"그럼 그것 때문에 날 괴롭혔던 거야?"

내가 묻는다. 이제 분노는 사라지고 없다. 사실을 알고 싶을 뿐이다.

"그 애들의 관심을 끌려고? 그렇게 해서 그 애들을 네 친구로 만들려고?"

"그건 아냐. 아니… 맞아. 그런 이유도 좀 있어. 하지만 그게 전부는 아냐. 내가 말했잖아. 네가 부럽다고."

"전에는 그런 말 한 적 없잖아!"

"그야 뻔하잖아, 그걸 몰랐다고?"

"그래, 잘 모르겠어."

나는 손전등을 켠다. 하지만 이번엔 내 얼굴을 비춘다.

"잘 봐. 이 얼굴 기억하지? 괴짜라며. 그런데도 부럽다고? 대체 왜? 네가 원하는 뭔가를 내가 갖고 있기라도 한 거야?"

그때 그의 대답이 총알처럼 와 박힌다.

"머리."

간단명료한 답이다.

순간 나는 무슨 말을 해야 할지 몰라 당황하고 만다. 할 수 있는 건 다시 손전등을 끄고 그가 다음 말을 이어주길 바라는 것뿐이다.

"아무도 이런 말을 대놓고 하진 않아. 나도 네가 물으니까 말하는 거야. 우린 모두 다 그렇게 널 부러워하고 있어. 그렉도 플릭도⋯. 액셀만 선생도 그럴 거야. 솔직히 난 선생님이 누굴 더 미워하는지 모르겠어. 멍청한 날 더 미워하는지, 똑똑한 너를 더 미워하는지."

"잘 이해가 안 돼."

나는 정직해지고 있다.

"이해가 안 된다고? 네가? 듣던 중 반가운 소리네!"

토저의 웃음소리가 벽을 타고 울린다.

"여기요, 내 말 좀 들어보세요! 똑똑이도 이해하지 못하는 걸 원숭이가 알아냈대요!"

그러더니 차분히 말을 잇는다.

"넌 나와 달리 뭐든 쉽게 이해하잖아. 가만히 앉아 책을 보고 있으면 대충 감을 잡잖아. 다 이해하진 못해도 말이야, 안 그래?"

"그야 그렇지. 하지만 처음엔 나도 많은 걸 이해하진 못해."

"그래, 처음엔. 그게 바로 너와 나의 차이야. 넌 처음엔 이해를 못해도 작정하고 달려들면 결국 알아내잖아. 하지만 난 아냐. 자리에 앉아 아무리 뚫어지게 쳐다봐도, 머리가 깨질 것처럼 집중해도, 난 결코 이해할 수 없거든. 난 그걸 알고 있어."

한 가지 기억, 불과 한두 시간 전에 저장된 참신한 기억이 되살아난다.

"그렇지 않아, 토쉬. 나침반을 생각해봐. 넌 그걸 이해했잖아."

"아, 그래. 그 나침반."

토저가 침을 뱉듯이 말한다. 마치 없애버리고 싶은 맛이 나는 것처럼.

"그 나침반이 있었지. 그 덕분에 지금 우리가 어디에 있는지 봐. 컴컴한 바닥이잖아!"

"아냐, 그것 때문이 아냐!"

내가 소리친다. 난생처음으로 정말 토저를 도와주고 싶어진다. 그가 그 일에 대해 자부심을 느끼도록 해주고 싶다.

나는 다시 손전등을 켜 빛줄기를 아래로 돌려 바닥에 누워 있는 차가운 형체를 비춘다.

"이 사람이 우릴 여기로 이끌었어! 네가 아냐. 나도 아니고. 바로 이 사람이라고!"

14

D지점을 찾은 뒤, 나는 토저의 분위기가 좀 달라졌음을, 다소
누그러졌음을 느낄 수 있었다. 내가 지도를 살피는 동안 그는 전
보다 더욱 관심을 보였다.

"이제 어디로 가지?"

"저 다리 쪽으로 가야지."

나는 지도를 그에게 보여준다. 그렉 인들이 표시한 E지점에서
멀지 않은 곳에 개울이 있고 근처에 작은 다리가 하나 있다.

"이렇게 곧장 가면 되잖아."

그가 손가락으로 우리가 있는 지점과 E 사이를 죽 연결한다. 나
는 길을 빙 돌아 반원을 그리며 가는 쪽을 택한다.

"안전이 최우선이야. 이 길을 따라가면 눈에 띄는 목표물을 쉽

게 찾을 수 있어. 그럼 길을 잃어버릴 염려가 거의 없지. 게다가 이 길이 더 빨라."

"어째서?"

"중간중간 멈춰 서서 나침반 방향을 확인하지 않아도 되니까."

그가 주머니에 손을 넣어 나침반을 꺼낸다. 액셀만 선생한테 야단맞은 뒤 바로 넣어버렸던 그 나침반이다. 그가 나침반을 무슨 외계 물체라도 되는 양 쳐다보고 있는데도 나는 그 뻔한 이유를 알아채지 못한다.

"네가 원한다면 나침반을 계속 확인해가며 곧장 갈 수도 있어."

내가 말한다.

"아냐. 그냥 네가 말한 길로 가."

그는 다시 조용해진다. 나무 사이를 빠져나와 작은 잿빛 돌다리가 나타날 때까지 아무 말도 하지 않는다.

"이젠 어떡해?"

다리에 이르자 드디어 그가 입을 뗀다.

"지도에서 E지점의 방위를 확인해야지."

"이거 우리말로 적혀 있는 거 맞지, 응?"

또다시 눈가리개 활동이다. 내게는 분명한 것이 토저에겐 늘 비밀스러운 수수께끼다. 나는 깜짝 놀란다. 하지만 눈가리개 활동을 하던 그날, 내가 느꼈던 고통이 아니라 내가 배웠던 교훈을 떠올린다.

"지도에 따르면, E지점은 저기 어딘가에 있어야 해."

나는 확 트인 널따란 지대 쪽을 가리킨다. 군데군데 나무들이 있고 오르막으로 이어진다.

"여기서 할 일은 전처럼 나침반을 다시 똑바로 놓는 것뿐이야. 그럼 나침반이 우릴 곧장 목표 지점으로 안내할 거야."

토저는 어려운 문제와 씨름하는 사람처럼 잠시 머뭇거린다. 그러더니 주머니를 뒤져 자신의 나침반을 꺼낸다.

"그런데 이걸 어떻게 사용하는 거야?"

"몰라?"

바보. 당연히 모르겠지. 그게 아니면 왜 그걸 다시 집어넣어버렸겠어? 또 왜 지금까지 말하지 않고 버텨왔겠어?

그가 어깨를 으쓱한다.

"안다면 너한테 물을 리가 없잖아, 안 그래?"

토저, 난 네가 가라앉길 바라. 저 밑바닥까지 가라앉았으면 좋겠어. 그런데 왜 나는 너를 저 아래로 밀어버리지 못하는 걸까?

결국 나는 지도를 그에게 내민다. 그는 지도가 살아 있는 물체인양 조심스레 받아든다. 나는 우리가 지금 서 있는 다리를 가리킨다. 그런 다음 E지점을 뜻하는 그렉의 십자 표시를 가리킨다.

"좋아. 먼저 네 나침반을 지도 위에 올려놔봐. 그런 다음 나침반의 긴 바늘이 지도 상의 다리 표시와 E지점에 닿도록 해봐."

토저가 나침반을 움직여서 그렉이 표시해놓은 십자표 중심에 바늘이 닿도록 한다. 그런 다음 이번에는 바늘의 반대쪽 끝이 다리표시에 닿도록 조정한다.

"그대로 가만 둬. 이제 그 화살표가 지도 윗부분을 똑바로 가리킬 때까지 다이얼을 돌려봐."

혀를 내민 채 그가 천천히 다이얼을 돌린다. 그리고 승인을 구하듯 나를 힐끗 쳐다본다. 나는 그의 나침반을 그 상태로 둔 채 다시 지도를 거둬들인다.

"아니, 왜…."

"이제 지도는 필요 없어. 그냥 그 나침반을 네 앞으로 내밀면 돼."

그는 시키는 대로 한다.

"이제 빨간 지침이 그 화살표와 같은 방향을 가리킬 때까지 천천히 돌아."

토저가 한 걸음씩 발을 끌며 몸을 돌린다. 그가 멈출 때까지 바늘은 흔들거리며 북방지시화살표 위에서 조금씩 돌아간다.

"이제 앞을 똑바로 봐. 저쪽이 E지점이야."

그는 오르막 쪽을 응시한 채 여전히 꼼짝도 않고 서 있다.

"그러니까 이대로 걸어가기만 하면… 거기에 닿는다는 거지?"

"응, 나침반 바늘이 계속 그 화살표 위에 있게만 하면 그렇게 되는 거지."

그가 나침반을 본다. 손에 잔뜩 힘이 들어가 있다.

"그게 끝이야? 그런데 여기 이것들은 다 뭐야?"

그건 전부 각도에 관한 거야, 토저. 어렵기만 한 기하학. 괴짜 같은 거야. 너도 알지? 아니, 넌 당연히 모르겠구나. 지금에야 난 그 사실을 깨달았어.

"찾아야 할 길은 하나야. 토저, 한번 해봐."

우리는 오르막을 향해 출발한다. 토저의 눈이 위아래로 왔다 갔다 하며 나침반과 목표 지점을 부지런히 오가고 있다. 오르막에 다다르자 우리 앞쪽으로 흙바닥이 점점 줄어드는 대신 멀리 풀로 뒤덮인 둔덕이 보인다.

"안 보여. 여기엔 없어. 내가 잘못 맞췄나 봐, 그렇지?"

"아직 200미터쯤 더 가야 돼."

그가 다시 출발한다. 이번엔 좀 더 빠른 걸음이다. 나침반을 확인하느라 그의 머리가 계속 위아래로 까딱거린다. 둔덕에 도착하자 그가 잽싸게 꼭대기까지 뛰어 오른다. 그리고 죽은 듯이 멈춰 선다.

"찾았어! 봐! 보라고! 바로 여기야!"

액셀만 선생은 이 둔덕 맞은편에 붉은색과 흰색으로 된 표지를 놓아두었다. 토저는 지금 정상에 우뚝 서서 그걸 내려다보고 있는 것이다. 마치 세계의 여덟 번째 불가사의를 발견한 것처럼.

"암호 숫자가 뭐야?"

그는 꼼짝하지 않는다. 대답도 하지 않는다. 숫자를 적으려고 내가 둔덕 아래로 미끄러지듯 내려갈 때까지 단 한 마디도 하지 않는다.

그가 드디어 입을 뗀다. 하지만 나한테가 아니라 자기 자신에게 말하는 것이다. 그는 이걸 몇 번이고 계속 되풀이한다.

"내가 해냈어. 나침반을 제대로 맞췄어…. 진짜 제대로… 맞췄어…."

내가 표지를 확인하고 돌아왔을 때 그는 둔덕 아래에 있었다.

"이제 하나 남았어."

그가 말한다. 어느새 지도를 확인한다. 그는 지금 나침반을 제 앞에 두고 우리가 가야 할 방향을 찾기 위해 로봇처럼 돌고 있다.

"저쪽이야."

그가 고개를 들며 말한다.

맹세컨대 내가 "잠깐 기다려"라고 하지 않았다면 그는 그대로 출발해버렸을 것이다.

내가 지도를 보고 F지점을 가리키는 그렉의 십자 표시를 확인하는 동안 그는 초초하게 옆에 서 있었다. 표시는 현재 위치에서 북서쪽 방향에 있었다. 마치 두 개의 계란 프라이 사이에 길쭉한 감자튀김 두 개를 교차시켜놓은 것처럼, 두 등고선 사이에 그렉의 십자표시가 선명하다.

위쪽의 계란 프라이가 훨씬 더 큼직하다. 바로 에보 다운이다. 그 높이를 짐작케 하는 촘촘한 선들이 꼭대기에 있는 방향 신호등까지 죽 이어져 있다.

그 아래 그렉의 십자 표시가 있었다. 더 낮은 쪽에 있는 계란 프라이의 등고선들은 둥글게 이어지지 않고 파란색 부분, 즉 호수에서 끊어져 있다.

지도에 나타난 정보들을 통해 나는 마음속으로 그곳의 실제 모습을 그려보려고 애쓴다. 작은 계곡이 있고 그 한쪽에 에보 다운이 높이 솟아 있다. 마치 달의 뒷면처럼 제방에서는 보이지 않는 맞은편 비탈이 호수의 암벽 가장자리와 연결되어 있다.

토저가 말한다.

"어서 가자. 뭘 기다리는 거야? 이것만 찾으면 우리가 그렉과 플릭보다 먼저 집합 장소에 도착할 수 있어."

바로 이것이다. 서두른다는 건 바로 이런 것이다. 이건 그에게 아주 큰 기회다. 저들에게, 어쩌면 액셀만 선생에게도 뭔가를 보여줄 수 있는 절호의 기회.

그렇게 생각하며, 나는 집합 장소에 저들보다 먼저 도착하길 바라는 사람이 토저 하나만은 아니라는 사실을 깨닫는다.

다니엘, 난 그 물이 보여. 그런데 그 돌멩이는 어디 있을까?

"됐어, 토쉬. 이제 가자."
나는 가는 도중에야 비로소 깨닫는다. 내가 처음으로 그의 이름
을 불렀다는 걸.

●

목표 장소에 닿기도 전에 뭔가 잘못되었다는 느낌이 내 머릿속
으로 스멀스멀 파고들기 시작했다.
E지점을 찾아가는 동안에는, 다른 팀을 보진 못했어도 분명 그
들의 소리는 들을 수 있었다. 야유 소리, 휘파람 소리, 빈정거리는
외침. 아니, 좀 더 정확히 말해 우리는 다른 팀이 이미 지나갔다는
증거를 보았다. 사탕 포장지, 돌돌 말린 종이 뭉치.
하지만 에보 다운 기슭의 가장자리를 따라가고 있는 지금, 주변
엔 오직 우리 둘밖에 없는 것 같다.
바닥에 파인 홈이나 틈새를 밟지 않으려고 조심조심 내려가는
동안 좀 전의 불길한 느낌이 점점 더 커진다.
"저 아래가 틀림없어, 그렇지?"

토저가 손가락으로 가리킨다.

지금 내 눈앞에 보이는, 그렉의 십자 표시를 따라 도착한 이 장소를 계곡이라 부르기는 힘들 것 같다. 계곡이라기보다는 얕은 도랑 같다. 초목으로 뒤덮인 두 바위의 경사면 사이에 좁고 평평한 홈이 파여져 있다.

그리고 중간중간 상처 자국처럼 땅이 패여 있는데, 에보 다운에서 아래로 내려갈수록 더 깊고 넓게 패여 있다. 그럼에도 불구하고 길인 것만은 분명하다.

그런데 내 눈엔 그 표지가 보이질 않는다.

도랑 바닥까지 약 50미터 거리를 토저가 반은 뛰고 반은 미끄러지듯 내려가고 나는 그를 뒤따라간다. 이 길은 온통 나무들과 언덕으로 둘러싸인 장소로 이어져 있다.

표지는 여전히 보이지 않는다.

"어디 있지?"

토저가 묻는다.

"나도 모르겠어…. 아닌가."

"뭐가? 뭐가 아니라는 거야?"

"맞는 위치가 아닌 것 같다고."

갑자기 그가 휙 돌아본다. 두려움과 분노가 뒤섞인 표정이다.

"지금 내가 나침반을 잘못 맞췄다는 거야?"

"아냐, 그건 아냐. 우린 지금 그 장소에 와 있어. 그건 확실해."

하지만 내 말을 못 믿겠다는 듯 토저가 천천히 주위를 돌아본다.

"그럼 표지는 어디 있는데?"

그가 주위를 돌아다니며 표지를 찾기 시작한다. 잃어버린 공을 찾아 헤매는 골프 선수처럼 주위 것들을 발로 차고 돌들 사이의 풀숲을 헤쳐보기도 한다.

나는 그를 따라가며 혹시 다른 팀 중 하나가 장난으로 표지를 숨겨놓은 게 아닐까 생각해본다. 하지만 확실한 건 아무것도 없다.

토저는 도랑을 따라 더 깊이 들어간다.

"너무 멀리 왔어."

내가 말한다.

"난 찾고 말 거야!"

그가 소리친다.

나는 손에 찬 시계를 확인한다.

"우린 세 개 중 두 개를 찾았어. 나쁘지 않은 성적이야. 만약 이곳에 다른 팀이 도착하면 우린 바로 떠나야 해."

"안 돼."

"안 그러면 늦어. 액셀만 선생이 노발대발할 텐데 또 당하고 싶어?"

"빌어먹을 액셀만. 그 사람들은 다 쓰레기야."

그가 나를 돌아본다. 진심을 말하고 있는 게 보인다.

"난 아무 데도 가지 않을 거야. 그 표지를 찾기 전에는….."

•

토저의 수색을 멈추게 한 건 첫 번째 섬광이었다. 곧이어 에보
다운 위로 서서히 모여들고 있던 비구름 속에서 천둥이 우르릉거
렸다. 우리는 거의 한 시간 동안이나 주변을 뒤지고 있었다.

토저가 말한다.

"더 찾아봐야 소용없겠지? 우린 찾지 못할 거야."

빗방울이 우리 머리 위로 떨어지기 시작했다. 나는 어깨에서 배
낭을 내려 비옷을 꺼냈다. 토저 역시 지도가 펄럭이며 날아가게
내버려둔 채 무릎을 꿇고 앉아 나를 따라 하기 시작한다. 그런데
우연히도 비옷과 함께 호루라기가 나온다.

그러자 갑자기 그가 미쳐 날뛰기 시작한다.

분통을 터트리며 목에 핏대가 설 때까지 호루라기를 있는 힘껏
불어대더니 갑자기 벌떡 일어나서는 손에 쥔 호루라기를 최대한
멀리 던져버린다.

호루라기는 바위에 부딪혀 쨍그랑 소리를 낸다. 그러자 분이 조
금 풀렸는지 그가 잠잠해진다. 그리고 천천히 말한다.

"다시 줍는 게 낫겠지? 안 그러면 액셀만이 더 괴롭힐 거야."

토저가 호루라기를 주우러 간 사이 나는 지도를 쫓아가 잡는다.
F지점을 나타내는 그렉의 십자표가 나를 빤히 응시하고 있다.

이때 토저가 크게 외친다.

"여기야! 이리 와봐!"

가보니 바위에 거의 코를 박다시피 한 채 서 있다. 내가 거기 도착할 때까지는 꼭 그렇게 보였다. 잠시 후 토저가 발견한 걸 본다.

그 바위에, 거의 머리 높이쯤에 길고 좁은 구멍이 하나 보였다. 그 구멍을 마주 보기란, 양쪽에서 처진 무대 커튼 틈새로 파고드는 것만큼이나 불가능했지만, 토저는 호루라기를 찾다 이걸 발견했다.

"분명히 저 안은 동굴이야. 쓰레기 같은 액셀만이 그걸 저 안에 처박아둔 게 틀림없어."

그는 입구 쪽으로 조금씩 다가갔다. 정말로 바닥 면이 있었다. 암벽에 난 구멍에서부터 저 아래까지 미끄러지듯 경사면을 이루고 있었다.

내가 그의 팔을 붙든다.

"안 돼, 토쉬. 너무 위험해. 저 안이 어떤지 전혀 모르잖아."

하지만 토저는 내 말을 들으려 하지 않는다. 그는 지나치게 흥분했다.

"그 표지가 저 안에 있다니까. 난 그게 저 안에 있다는 걸 알아. 말리지 마. 난 들어갈 거야…."

그때 그를 멈추게 한 건 어디선가 들려오는 사납고 날카로운 호루라기 소리였다.

"그렉이다!"

토저가 다시 밖으로 나오며 내뱉는다.

"그렉이 온 거야, 그렇지? 걔가 우릴 찾으러 온 거라고!"

나는 미처 대답할 기회를 찾지 못한다.

우리가 돌아서자 액셀만 선생이 우리를 향해 쿵쿵거리며 다가온다. 몹시 격분한 얼굴로. 그의 손에서 지도가 펄럭거린다.

"너희 두 놈! 여기서 뭘 하는 거야? 다들 벌써 한참 전에 돌아왔어. 내가 좀 전의 호루라기 소리를 듣지 못했다면 너희를 찾으러 올 생각도 못 했을 거야!"

토저가 웅얼거린다. 격분한 토저가 절망스럽게 불어 재꼈던 그호루라기.

"우리는 표지를 찾고 싶었어요. 그걸 찾을 때까지 떠나고 싶지 않았던 것뿐이라고요."

토저가 기다란 바위 구멍을 가리킨다.

"그게 저 안에 있는 것 같아요."

"저 안에 있다고? 지금 제정신이야?"

액셀만 선생이 말하는 동안 또다시 거대한 번갯불이 번쩍거린다. 곧바로 천둥이 우르릉 내리친다. 마치 우리가 큰북 안에 들어 있는 느낌이다. 곧이어 굵은 빗방울이 후드둑 떨어지기 시작한다.

액셀만은 하늘을 쳐다본다. 노려보는 그 눈빛이 에보 다운 위에 드리워진 먹구름만큼이나 어둡다. 우리의 리더, 대단하신 우리의 리더께선 지금 방수복을 입고 있지 않다. 그의 등에 매달려 있는 홀쭉한 배낭이 그가 지금 아무것도 갖고 있지 않음을 말해준다.

이제 그는 비 피할 곳을 찾아 주위를 두리번거린다. 멀지 않은 곳에 나무 한 그루가 외로이 서 있다. 그러나 또다시 강력한 섬광이 내리쳐 그쪽으로 달려가려는 그를 가로막는다. 이어 비가 마구 쏟아지기 시작한다. 이번엔 자신의 일을 제대로 해보려는 듯, 억수같이 퍼붓는다.

이때, 액셀만은 역시 뭔가 작정한 듯하다. 손에 쥔 지도를 구깃구깃 말아 주머니에 집어넣더니 바위 입구를 향해 뛰기 시작한다.

"아까 표지가 저 안에 있는 것 같다고 했지? 그럼, 따라와."

쏟아지는 빗속에서 우리는 그를 따라간다. 토저가 내 앞에 가고 있다. 바위에 나 있는 길고 좁은 구멍을 통과해 아래로 이어지는 비탈면으로.

젖은 땅에서 마른 땅으로. 따뜻한 곳에서 서늘한 곳으로. 빛 가운데서 어둠 속으로.

그리고 내 발이 물렁한 바닥 표면 속으로 가라앉는 순간, 내 귀에 액셀만 선생의 목소리가 들린다.

"조심해, 이 안은 미끄러워."

15

"이미 죽은 걸까?"

토저가 말한다.

그러더니 손전등을 켜서 희미한 빛줄기로 우리 발치에 있는 바닥을 비춰 본다.

나는 액셀만 선생의 죽은 듯한 몸을 내려다본다. 운동복 바지 한쪽이 들쭉날쭉 찢겨 있다. 상체에는 진흙과 끈적끈적한 오물이 줄무늬처럼 길게 묻어 있다.

마침내 나는 액셀만 선생의 차디찬 얼굴을 쳐다본다. 뒤로 쏠린 머리카락에 검붉은 피가 엉겨붙어 있다. 그는 지금껏 꼼짝하지 않았다. 그 일이 일어난 이후 의식을 되찾은 듯한 어떤 표시도 내비치지 않았다.

그 사건은 그의 경고로 인해 일어난 것처럼 보였지만 실은 우리의 무게 때문에 벌어진 일이었을 것이다. 아무튼 내가 구멍을 통과해 바위틈을 간신히 비집고 들어가 그의 목소리를 듣는 순간, 바닥이 아래로 꺼지고 우리가 밑으로 떨어지는 듯했다. 그리고 내 머릿속으로 계산들이 획획 스쳐 지나가기 시작했다.

아마도 우리는 액셀만 선생 위로 떨어졌을 것이다. 아니면 그가 바닥에 떨어지면서 돌에 머리를 부딪쳤는지도 모른다. 아니면 바닥이 꺼지고 입구가 무너질 때 떨어진 돌에 머리를 맞았는지도 모른다. 아, 잘 모르겠다.

어찌 됐건, 그 사건 이후 그는 미동조차 하지 않는다. 우리는 공포에 질린 눈빛으로 그를 바라보았다.

"차라리 죽어버렸으면 좋겠어."

토저가 말한다.

나는 몸을 구부려 그의 목 옆에 손을 가만히 대고 다시 맥박을 짚어본다. 쿵—쿵—쿵. 맥박은 여전히 뛰고 있다. 아주 또렷하게.

"살아 있어."

"그럼 왜 꼼짝도 안 하는 거야? 살아 있다면 조금이라도 움직였어야지, 안 그래?"

"분명 심한 뇌진탕일 거야."

"뇌진탕? 권투 선수들한테 잘 오는 것?"

"응. 펀치 맞고 케이오됐을 때."

"권투 선수들은 가끔 그것 때문에 죽기도 하던데, 그렇지? 케이오된 뒤에 말이야."

토저의 목소리는 단조롭고 무심하다. 이건 질문이 아니라 진술에 가깝다.

"심하면 그럴 수 있지. 뇌손상을 입어 뇌출혈을 일으키면."

"지금 그런 상태였으면 좋겠다. 그래서 죽었으면 좋겠어. 난 액셀만 선생이 너무 싫어."

지금 보니, 우리가 액셀만 선생 머리 아래에 받쳐둔 배낭 주위로, 칙칙한 후광처럼 작고 검은 액체가 둥글게 고여 있다. 토저의 손전등에서 나오는 허약한 불빛으로는 그게 물인지 피인지, 아니면 두 개가 섞인 건지 알아볼 수 없다. 하지만 난 물일 거라 생각한다. 출혈은 멈춘 게 확실하다. 게다가 물은 지금껏 쉬지 않고 안으로 떨어지고 있지 않은가.

토저가 손전등을 움직여 액셀만 선생의 얼굴 전체를 비춘다. 희미한 빛 때문에 그의 얼굴이 한층 더 창백해 보인다.

"정말 싫어."

토저가 되풀이한다.

"항상 날 원숭이라고 불러. 그래서 모두가 날 비웃게 만들지."

"뭐?"

여러 얼굴들이 빙빙 돌아간다. 웃고 있는 얼굴들. 하나같이 토저를

보고 있다. 그런데 그는 뭘 하고 있을까? 활짝 웃으며 앉아 있다. 인생이 만족스러운 듯 헤벌쭉 웃으며 거기 앉아 있다.

의아해진 난 토저를 빤히 쳐다본다.

"하지만… 넌 항상 같이 웃잖아. 그동안 널 죽 지켜봤어. 그게 그렇게 싫다면 왜 항상 웃는 건데?"

토저가 성을 내며 액셀만 선생을 향해 팔을 휘두른다.

"그럼 날 보고 어쩌라고? 그 자리에서 울어? 아니면 집으로 달려가 징징거리며 일러바쳐? 엄마, 엄마, 액셀만 선생이 날 또 욕했어요! 이렇게?"

그 애들이 널 비웃고 있는 게 안 보이니? 그래도 상관없어?

"하지만 넌 그런 취급을 당할 이유가 없잖아. 왜 당당히 따지지 못하는 건데?"

토저의 대답이 또다시 날 어리벙벙하게 만든다.

"왜 그럴 것 같아? 내가 미련하기 때문이지. 멍청하고. 선생에게 무슨 말을 해야 할지 모르기 때문이라고."

난 이 대목에서 무릎을 꿇고 만다. 토저는 몸을 숙이고 액셀만 선생의 얼굴 가까이로 바싹 다가가 그의 감긴 눈꺼풀을 유심히 들여다본다. 그가 속삭인다.

"빌어먹을, 난 당신이 싫어. 정말 꼴도 보기 싫어."

토저는 잠깐 그렇게 있더니 천천히 뒤로 물러나 자리에서 일어선다. 그리고 우리와 암벽 구멍 사이로 보이는 가망 없는 틈을 쳐다본다. 그리고 눈을 더 높이 들어 저 바깥세상에서 들어오는 어슴푸레한 빛줄기를 쳐다본다.

"밖은 여전히 조용해. 아무렴 어때, 이제 그런 건 중요하지 않아. 그는 다신 날 그렇게 부르지 못할 거야."

뜻밖이었다. 토저가 액셀만 선생을 그토록 싫어하는 줄은 생각지도 못했다. 믿을 수가 없었다.

이번엔 내가 액셀만의 차디찬 얼굴을 내려다본다. 과연 난 액셀만을 어떻게 생각하고 있을까? 내가 정말 어떻게 생각하고 있는지 궁금해진다.

액셀만 선생, 내가 당신을 싫어하고 있을까? 정말 그럴까?

나는 그의 스타일이 싫다. 특히 이번 주엔 정말 싫었다. 그렇다, 나는 그런 게 싫다. 그리고 토저 같은 아이들, 다시 말해 광대처럼 행동하더라도 광대로 취급당할 이유가 전혀 없는 아이들을 무시하는 그의 스타일을 싫어한다. 마음속으로 늘 싫어해왔다.

그렇다면 내가 당신을 싫어하는 건 단지 나를 이해하려 하지 않기

때문일까? 그건 아니다.

나도 나를 이해하지 못하는데 다른 누군가가— 어머니든, 아버지든, 당신이든— 그래야 할 이유가 뭐란 말인가? 그럼 왜?

웅덩이 바닥이 점점 더 질척해지고 있다. 안으로 흘러드는 물소리는 여전하다. 게다가 이젠 저 위에서부터 벽을 타고 내려온 물들이 작은 개울을 이루어 흐르고 있다.

"액셀만을 다른 데로 옮겨야겠지? 점점 물이 스며들잖아."

"옮길 만한 데가 어디 있다고 그래."

토저 말이 맞다. 지금 바닥은 온통 물바다다. 그 한복판에 액셀만 선생이 섬처럼 누워 있다.

토저가 질척질척한 진흙을 밟으며 돌아가버린다. 그가 자기 주머니에서 내 호루라기를 꺼내는 소리가 들린다. 달그락달그락. 곧 이어질 거친 쇳소리에 대비해 나는 몸을 잔뜩 긴장시킨다.

그가 호루라기를 입에 물고 불기 시작한다. 아주 세게, 마치 시합에서 타임을 선언하는 심판처럼. 소리가 사라지자 우리는 다시 저 위 어슴푸레한 빛줄기를 쳐다본다.

토저는 잠시 기다리다 호루라기를 다시 입술에서 떨어뜨린다.

"아무도 오지 않을 거야, 그렇지?"

희망을 잃어버린 사람처럼 그의 목소리에 힘이 하나도 없다.

나는 그의 기운을 북돋아주려 애쓴다. 더불어 스스로도 기운을 차리려고.

"아냐, 분명 올 거야. 우린 여기서 기다리기만 하면 돼. 곧 구조대가 도착할 거야."

그가 내 쪽으로 돌아선다.

"그럼 왜 여태 안 오고 있겠어? …네 친구, 로니는? 그 선생은 왜 안 오는 거야? 액셀만이 분명히 자기가 어디로 가는지 말해주었을 텐데."

두려움과 혼란스러움이 뒤섞인 목소리다.

나는 내 발치에, 말없이 누워 있는 액셀만 선생을 바라본다. 갑자기 액셀만 선생이 우리에게 소리쳤던 말이 떠오른다.

너희 두 놈 여기서 뭘 하는 거야? 다들 벌써 한참 전에 돌아왔어. 내가 좀 전의 호루라기 소리를 듣지 못했다면 너희를 찾으러 올 생각도 못 했을 거야!

나는 이 말이 어떤 새로운 정보를 주길 바라며 속으로 몇 번이고 되뇌어본다.

너희를 찾으러 올 생각도 못 했을 거야.

밖으로 나갈 방법은 전혀 없다. 하나의 결론만이 있을 뿐이다.

토저가 이걸 어떻게 받아들일지 알 수 없다. 나는 떨리는 내 음성을 의식하며 이 결론을 그에게 말한다.

"그들은 오지 않을 거야."

"뭐라고?"

"그들은 액셀만 선생이 어디로 갔는지 몰라."

"대체 무슨 소리야? 그는 우릴 찾고 있었어. 분명히 자기가 이쪽으로 간다고 사람들에게 말했을 거란 말이야."

"아냐. 말하지 않았어. 정확히 말하면 그럴 수가 없었지. 잘 생각해봐, 그때 그가 무슨 말을 했는지. '내가 좀 전의 호루라기 소리를 듣지 못했다면 너희를 찾으러 올 생각도 못 했을 거야'라고 했잖아. 토쉬, 네 말대로 그는 우릴 찾고 있었어. 하지만 이 근방에서는 아니었지."

자신이 느끼는 두려움을, 아니 우리 둘 다 느끼고 있는 두려움을 이기려 애쓰며 토저가 목소리를 높인다.

"네가 그랬잖아, 내가 똑바로 맞췄다고! 그 나침반 말이야! F지점. 넌 분명 우리가 지도에 표시된 그 장소에 있다고 말했어…."

그렉의 지도. 점선 잇기 퍼즐. 하트 모양.

그렉 인들이 입꼬리만 올려 소리 없이 웃으며 내게 지도를 건네던 모습이 떠오른다. 그때 내 마음속에 어떤 생각이 스쳤는지도.

이 하트 모양. 똑바로 놓고 보면 모양이 왠지 좀 다른 것 같다. 우리가 지금 가고 있는 쪽이 약간 더 옆으로 튀어나온 것처럼 보인다.

주머니에서 지도를 꺼내 토저의 희미한 전등 불빛 아래서 다시 들여다본다. 그렉이 우리에게 했던 마지막 말을 떠올리는 순간, 내 손이 떨린다.

그럼, 마지막 지점에서 보자. 길 잃어버리지 마!

"그 애가 우릴 잘못된 장소로 보냈어."

"뭐? 지금 무슨 말 하는 거야?"

"그렉이야. 그렉이 우릴 잘못된 장소로 보낸 거라고. 그게 바로 우리가 F표지를 발견하지 못한 이유야. 그 표지는 처음부터 여기에 없었어."

또 다른 기억이 떠오른다. 이곳으로 들어오기 직전, 액셀만 선생이 자신의 지도를 구겨 주머니에 넣었던 일.

나는 몸을 굽혀 액셀만 선생의 주머니를 뒤지기 시작한다. 구겨진 종이 뭉치가 보인다. 밖으로 삐져나온 부분은 축축하지만 안에 있던 부분은 멀쩡하다. 다행히 읽을 수 있다.

이건 증거다. 각 팀이 찾아가야 할 모든 표지들이 한눈에 알아볼 수 있도록 기록되어 있다.

F표지가 있는 곳은 여기가 아니야. 그렉이 우릴 잘못된 장소로 보낸 게 확실해.

지도를 확인한 토저가 별안간 몸을 돌려 가버린다. 그는 주먹으로 암벽을 치고 또 친다. 욕설을 마구 퍼부어가며 기진맥진할 때까지.

내가 묻는다.

"왜지? 왜 그런 짓을 했을까?"

"그렉 말이야? 넌 왜 그랬다고 생각해? 뻔하지 뭐. 액셀만은 우리 팀이 우승할 가능성이 없다고 했어. 너도 들었잖아."

"우린 이제 우승팀이 될 수 없어. 넌 그 대가를 치르게 될 거야, 대니 보이."

"그래서 그랬겠지. 그냥 재미 삼아."

잠시 누구도 채울 수 없는 침묵이 흐른다. 이어 그가 말한다.

"그래도 그렉은 우리가 곤경에 처하도록 내버려두지 않을 거야. 결국 우리가 있는 곳을 말해줄 거야."

나는 그를 칠 것처럼 주먹을 홱 휘두른다.

"됐어. 그 애는 말하지 않았어. 액셀만 선생이 그랬잖아, 우리만 빼고 다들 벌써 돌아왔다고. 우리가 나타나지 않으니까 직접 찾아

나섰던 거야. 액셀만 선생이 여기가 아닌 다른 데서 우리를 찾고 있었다면, 그건 그렉이 우리가 어디 있는지 말하지 않았기 때문이 겠지."

"나중에 다른 사람한테 말했을 수도 있잖아. 레드로우나 로멕스 선생한테나 아니면 네 친구 로니한테."

"과연 그랬을까? 정말 그렇게 생각해?"

토저가 한숨을 내쉰다.

"아니. 안 그랬을 거야. 호수에 네 신발을 빠트린 게 자기라고 말하지 않았던 것처럼. 그냥 나 혼자 뒤집어쓰도록 내버려두었지."

토저가 나를 본다. 그의 손전등에서 좀 전보다 더 희미한 빛이 흘러나온다.

"그래도 우린 함께 나침반을 보고 길을 찾았어. 너도 알지?"

난 할 말을 찾고 있다. 그에게 희망을 줄 만한, 나 자신에게 희망을 줄 만한 어떤 말을. 이때 저 위에서 낮고, 지속적인, 우르릉거리는 소리가 들려온다.

천둥인가? 아니, 천둥은 아니다.

바위 위로 바위가 굴러가는 우르릉거림이다. 이번엔 그 소리가 한층 요란하다. 거의 정점까지 치달았다.

그리고 갑자기 물이 쏟아져 들어오기 시작했다.

16

다니엘, 에보 다운에서 내려온 물은 네가 지금껏 본 적 없는 무시무시한 힘을 지닌 채 동굴 속으로 들이닥칠 거야. 물이란, 특히 성난 물은 제 평형이 어딘지를 알고 있고, 그 길을 방해하는 어떤 것도 남겨두지 않지.

급류가 들이닥치고 있는 순간에도 로니의 말들이 머릿속을 휙휙 스쳐 지나간다. 난 멍하니 앞에 벌어진 상황을 바라보고 있다.

물이다, 에보 다운에서 내려온 물.

먹구름이 폭우를 퍼붓자, 액셀만 선생은 우리를 데리고 이곳에서 비를 피하려고 했었다.

물은 물로, 빗방울은 빗방울로, 개울물은 개울물로 모여들면서 보다 강력해진 물줄기가 금과 틈을 따라 길을 내며 내려간다. 그리고 항상 지나가는 길목인 이곳으로 모여든다. 우리로 인해 생긴 진흙더미와 돌무더기 틈새에서 제 길을 찾는다.

밀어내고 또 밀어내고, 선사 시대에 그랬던 것처럼. 하나의 물방울들이 끊임없이 모여들어 생긴 작은 물줄기로, 앞을 가로막은 장애물이 더 이상 버틸 수 없을 때까지, 그리하여 마침내 이 싸움에서 승리를 거둘 때까지.

물이란, 특히 성난 물은 제 평형이 어딘지를 알고 있고, 그 길을 방해하는 어떤 것도 남겨두지 않지.

이 물이 가장 먼저 토저를 덮친다. 쏟아져 내리는 진흙과 물이 그를 넘어뜨린다. 그는 웅덩이 벽에 부딪혀 비틀거리다 겨우 손전등을 붙잡는다.

손전등을 켠다. 잠시 희미한 빛줄기가 생기고 그 속에서 볼 수 있는 건 우리 위로 쏟아져 내리는 하얀 물줄기뿐이다. 내가 들을 수 있는 것도, 느낄 수 있는 것도 오직 그뿐이다.

이때 본능이 촉수를 세운다. 이유도 방법도 모른다. 하지만 이 혼란스러운 와중에도 나는 손을 뻗어 배낭을 더듬거린다.

오른쪽은 구멍.

나는 재빨리 손전등을 꺼내 비옷 상의 안쪽에 넣는다. 물은 벌써 배낭에 스며들고 있다. 토저는 맞은편 바위에 기댄 채 손전등을 흔들며 소리치고 있다.

"여기야!"

물은 여전히 쏟아지고 있고, 폭포처럼 한 지점에 집중적으로 떨어져 내린다. 토저는 그 주위에서 벗어나 몸을 웅크리고 있다.

그의 발목까지 이미 물이 차올랐다. 내 발목 주위도 마찬가지다.

나는 그를 향해 걸어가기 시작한다. 이때 내 발치에 누워 있는 그 형체가 보인다. 액셀만 선생. 그의 몸 위로 물보라가 튀어 오른다. 하지만 그는 여전히 꼼짝도 하지 않는다. 그의 머리는 이미 물속에 반쯤 잠겼다. 물은 이제 그의 가슴 주변까지 차올랐다.

"토저! 빨리 액셀만을 일으켜야 돼!"

"내버려둬!"

토저가 분노에 찬 눈빛으로 악을 쓴다.

"이대로 두면 익사하고 말 거야!"

"그냥 내버려두라니까!"

"그럴 수 없어!"

여전히 물이 차오른다. 점점 더 높이. 나는 액셀만 선생의 머리 쪽으로 몸을 숙인다.

그 순간에도 황당한 의문이 머릿속에 떠오른다. 왜 내 무릎이 차가운 것 같지? 젖지도 않았는데. 그러나 다음 순간 비옷을 입고 있기 때문이라는 걸 깨닫는다.

나는 액셀만 선생의 코와 입에 물이 닿지 않도록 머리를 들어 올리려고 애쓴다.

"토쉬, 도와줘! 제발!"

"내버려둬! 그냥 내버려두라고!"

"안 돼!"

물이 천둥 치듯 우르르 몰려든다. 동시에 진흙과 토사가 쏟아져 들어와 우리를 덮치고 지나간다. 철벅철벅, 그때 토저가 발로 물을 헤치며 내게로 온다. 그가 몸을 숙여 내 손을 움켜잡더니 액셀만 선생의 머리에서 내 손을 떼어내려고 한다.

"우린 지금 떠나야 해!"

토저가 소리친다.

가라앉아, 액셀만, 가라앉아!

"액셀만을 혼자 남겨둘 순 없어!"

"아니, 그럴 수 있어!"

토저가 악을 쓴다.

"자업자득이니까! 그 사람은 인간쓰레기야!"

가라앉아, 액셀만, 가라앉아!

토저가 소리치는 동안 나는 액셀만 선생을 내려다본다. 고가 다리에 서 있는 그의 모습이 보이고 나를 두둔하는 로니에게 호통치는 그의 목소리가 들린다.

"애들이 얘를 뭐라 부르는지 아세요? 저들이 얘를 어떻게 생각하는지 아시냐고요?"

내가 토저를 향해 휙 돌아선다.
"맞아, 그는 인간쓰레기야! 하지만 난 아냐! 너도 아니고!"
그러자 토저가 나를 본다. 아주 유심히.
그러고는 내 손을 그대로 놔둔 채 일어선다.
물은 여전히 거세게 쏟아져 들어오고 있다. 물줄기는 토저와 합의라도 한 듯, 액셀만 선생의 머리 주변에서 거칠게 소용돌이치고 있다. 나는 액셀만 선생의 코와 입에 물이 닿지 않도록 내 팔을 지렛대 삼아 축 처진 그의 목덜미를 힘껏 받쳐 올린다.
하지만 소용없다. 그가 너무 무거워 나 혼자 버티기는 힘들다. 안간힘을 써 간신히 절반쯤 들어 올렸지만 그 이상은 무리다. 그의 몸이 점점 미끄러져 내린다. 그때 토저가 물을 헤치며 건너오더니 아무 말 없이 맞은편에서 무릎을 꿇고선 힘센 팔로 액셀만 선생의 등을 떠받친다.

우리는 서로의 손을 연결해 간신히 액셀만을 일으켜 앉혔다.

물줄기는 여전히 맹렬하다.

포효하는 맹수처럼 요란한 소리를 내며 우리 주위를 맴돌고 있다. 나는 토저에게 고함치듯 소리쳤다.

"그의 어깨를 잡아!"

"뭐!"

"액셀만의 몸이 물에 뜨도록 해야 돼! 난 이쪽 다리를 잡을게!"

물에 젖은 머리칼이 토저의 이마에 찰싹 달라붙어 있다. 그가 액셀만 선생의 머리 뒤로 이동한다. 그리고 액셀만 선생의 어깨 밑으로 손을 넣어 그를 꽉 붙든다. 고가 다리에서 나를 떠메고 계곡 아래로 내려갔을 때처럼.

그가 힘을 주어 끌어 올리자 액셀만 선생의 가슴이 물 위로 솟아오른다. 동시에 나는 다리 쪽으로 이동해 그의 두 다리를 수면 위로 들어 올린다. 나를 도와주려는 듯 강한 물살이 이 다리들을 떠밀고 지나간다.

물론 물은 여전히 맹렬하게 쏟아지고 있다.

이제는 내 허리춤까지, 토저의 허벅지까지 물이 차올랐다. 곧 우리의 키를 넘길 것이다.

"신발을 벗어!"

내가 외친다.

"왜!"

"그걸 신고는 수영을 못 하잖아!"

문득 내가 정말 한심하다는 생각이 든다. 지난 10년간 토저를 알고 지냈으면서—사실은 그를 피해 다녔지만—그 애가 수영을 할 수 있는지 없는지도 모르고 있으니.

"수영할 줄은 알아?"

"응! 너만큼은 아니지만!"

자신의 팔에 안겨 있는 액셀만 선생을 보며 토저가 거칠게 고개를 끄덕인다. 그의 눈에서 극심한 공포가 엿보인다.

"하지만 이 상태로 헤엄쳐 갈 만큼 잘하진 못해!"

"그렇다고 놓아버릴 수도 없잖아!"

"물이 계속 쏟아져 들어오면?"

그가 소리친다.

"이렇게 계속 들어오면 어떡해!"

갑자기 낮게 우르릉거리는 소리와 함께 더 많은 석회암 덩어리들과 진흙이 천장에서 떨어진다. 간발의 차이로 우리를 지나 물로 떨어졌다. 더 많은 빛이 새어 들어온다. 하지만 물줄기도 마찬가지다. 방금 생긴 틈으로 더 많은 급류가 몰려든다. 한층 거세게 굽이치며 수면을 높인다.

"난 놓아버릴 거야!"

토저가 다시 외친다.

"안 돼!"

"그렇게 할 거야! 안 그러면 물귀신처럼 날 저 밑으로 끌고 갈 거란 말이야!"

난 액셀만 선생을 내려다본다. 주변 물의 양이 급격하게 불어나자 옷 안에 갇혀 있던 공기 때문에 체육복이 약간 부푼다.

그리고 통제할 수 없는 내 마음은 또다시 멀리 달아난다. 이번엔 그 호수다. 내 신발을 찾아 물속으로 들어간다. 하나는 찾았다. 나머지 하나는 제방 밑에서 흔들리고 있다.

부츠 한 짝이 바지 한 짝과 같아지는 때는 언제지? 그야 공기주머니를 가졌을 때지. 하—하—하.

"그를 꽉 붙잡아!"

내가 액셀만 선생의 다리를 놓으며 외친다. 그런 다음 최대한 빨리 내 비옷 바지를 벗는다.

효과가 있을지도 몰라. 잘돼야 할 텐데.

나는 바지 한쪽의 끝을 매듭지어 묶고 나머지 한쪽도 마저 묶는다. 토저가 나를 마치 미친 사람 보듯 쳐다보고 있다.

틀림없이 잘될 거야.

그러고 나서 바지 허리춤을 한껏 벌려 공기를 담은 뒤 이걸 최대한 힘껏 물속으로 거꾸러트려 집어넣는다.

좋았어!

공기가 채워진 덕분에 바지통이 두 개의 소시지처럼 불룩하게 부푼다. 나는 물 밑에서 바지 허리 부분을 단단히 조여 맨다.
"날개꼴 부낭이야!"
내가 외친다.

그리고 웃는다. 주체할 수 없는 쾌감과 두려움이 한꺼번에 폭발한다. 나는 웃으면서 울음을 터트리고 만다.

곧이어 토저도 나와 똑같이 웃으며 운다. 그리고 소시지 다리 사이에 액셀만 선생의 머리를 올려놓으며 "어서 올라타, 액셀만!" 이라고 목청껏 외친다. 그러고선 나를 쳐다본다.
"괴짜! 아무튼 넌 정말 별종이야!"
이번엔 이 말이 칭찬이라는 걸 안다.

액셀만은 이제 물 위에 떠 있다. 토저는 점점 흐려지는 손전등을 꼭 움켜쥔 채, 한 손으로 벽을 짚으며 균형을 잡고, 다른 한 손으로는 액셀만 선생을 꼭 붙들고 있다. 나는 지금 임시방편으로 마련한 부낭 속의 공기를 지키며 물속에서 열심히 두 다리를 휘젓고 있다.

하지만 이 상태로는 오래 버티지 못할 것이다.

물은 점점 더 빠르게 우리를 위쪽으로 밀어 올리고 있다.

우리를 위쪽으로 밀어 올리고 있다.

나는 토저를 건너다본다. 그리고 그의 머리 위로, 한때 그가 닿고자 애썼던 암벽 구멍을 쳐다본다.

그땐 그게 불가능했었다. 하지만 곧….

급류가 쏟아져 들어온다. 이 물은 더 이상 적이 아니다. 이제는 우리의 친구다. 우리를 들어 올리고 또 들어 올려줄 고마운 친구.

아니, 이것은 그 이상이다.

이것은 우리의 유일한 희망이다.

●

"저 구멍에 닿을 수 있어!"

토저의 외침이 으르렁거리는 물소리를 가른다. 내가 간절히 바라던 외침이다.

원래대로라면 물은 벽에 난 저 구멍을 통해 통로를 타고 다른 데로 흘러갔을 것이다. 우리가 실수로 이곳에 들어오지만 않았다면….

아무튼, 저 구멍은 지금 우리의 유일한 희망이다.

우리가 들어왔던 입구에 닿을 때까지 그렇게 오랫동안 액셀만 선생을 붙들고 떠 있을 수는 없다. 설사 그럴 수 있다 해도 이 거센 물이 우리가 그 길로 나가도록 내버려두지 않을 것이다.

하지만 만약 저 구멍에 닿아 액셀만 선생을 그쪽으로 내보낼 수 있다면… 아마 또 다른 출구를 발견할 수 있을 것이다. 호수로 나가는 길. 우리는 지금 호수 근처에 있는 게 분명하다.

"다니엘, 왜 이곳을 토끼굴 골짜기라고 부르는지 아니? 저 바위들이 아주 강하고 단단해 보여도 그 속은 토끼굴 같기 때문이지."

"닿을 수 있을 것 같아!"

토저가 외친다.

위로 삐죽삐죽한 석회암 가장자리가 보인다. 토저는 들고 있던 손전등을 놓아버린다. 그리고 오른손을 위로 쭉 뻗어 손가락으로 가장자리를 움켜잡는다. 왼손으로는 여전히 액셀만 선생을 붙잡고 있다. 그가 물 위에 떠 있도록 그의 한쪽 어깨를 팔로 걸어 단단히 붙잡고 있다.

"혼자서 붙들 수 있겠어?"

토저가 소리친다.

"잘 모르겠어, 그럴 수 있을지!"

"그럼 내가 어떻게 해야 해?"

물이 콸콸 몰려들고 있다. 이 물은 곧 그 구멍까지 차오를 것이다. 그곳으로 쏟아져 내려가길 줄곧 바랐던 것처럼. 만약 그 구멍 속에 또 다른 출구가 있다면 가능한 한 빨리 찾아내야 한다. 시간이 별로 없다.

"몰라. 그냥 한번 해봐!"

내가 되받아친다.

토저가 손을 놓았을 때, 갑자기 액셀만 선생의 신음을 들은 것 같기도 하다. 하지만 내가 그의 얼굴을 쳐다보기도 전에 그 소리는 사라져버린다. 토저의 부축이 사라지는 순간 그의 머리가 들끓듯 일렁이는 물속으로 가라앉아버린 것이다.

어쩔 수 없이 나는 임시방편으로 만든 부낭을 놓아버린다. 그리고 양손으로 그의 머리가 물에 잠기지 않게 위로 끌어 올린다. 동시에 그가 날 아래로 끌고 가지 못하게 발로 세차게 물을 차댄다. 다시 신음이 들린다. 이번엔 정말 확실하다. 근처에서 토저가 물 위로 자신의 몸을 끌어 올리려고 헉헉거리며 안간힘을 쓰고 있다.

"더 이상은 못 버티겠어!"

내가 날카롭게 소리친다.

액셀만의 몸, 흠뻑 젖은 옷에 짓눌려 있는 그의 몸뚱이가 너무 무겁다. 그가 나를 저 밑으로 끌어당기고 있다.

"조금만 참아!"

토저의 외침 소리가 들린다.

"거의 다 됐어!"

촉박하다. 나는 토저의 외침이 내 머리 위에서 들렸다는 것만 겨우 인식한다. 내 몸은 곧 아래로 가라앉기 시작한다. 으르렁거리는 물소리 외에 아무것도 들리지 않는다.

다시 세차게 물질을 해서 액셀만 선생의 머리를 한 번 더 표면 위로 끌어 올린다. 하지만 내 힘은 이미 한계에 다다랐다.

물에 빠진 사람은 정말 숨을 쉬기 위해 세 번 물 위로 올라올까?

엄청난 물이 또다시 내 머리를 뒤덮고 있다.

이때, 갑자기 나를 압박하고 있던 무게가 쑥 가벼워진다. 액셀만 선생의 몸은 여전히 내 곁에 있다. 하지만 더 이상 나를 밑으로 끌어내리는 맷돌이 아니다.

"내가 잡았어!"

내 머리 위, 희미한 빛 속에서 토저의 바보 같은, 아니 근사한 얼굴이 보인다. 마침내 구멍으로 나가는 데 성공한 것이다. 구멍과 이어진 통로에 길게 엎드려서 두 손을 아래로 뻗어 액셀만 선생을 붙잡고 있다.

"액셀만의 몸을 돌려!"

토저가 외친다.

우리는 힘을 합쳐 액셀만 선생의 머리가 벽을 향하도록 조심스레 몸을 돌린다. 조금 전 신음 이후 그는 어떤 소리도 내지 않고 있다. 마치 의식을 회복하는 것에 대해 곰곰 생각한 뒤 그러지 않기로 결정한 것처럼.

토저가 액셀만의 양 겨드랑이를 잡았다. 하지만 끌어 올리려 하지 않는다.

"됐어! 내가 잡고 있을 테니까 이젠 네 차례야. 어서 빠져나와!"

으르렁거리는 물 위에서 토저가 소리친다.

이제는 구멍 아래 약 50센티미터 지점까지 물이 차올랐다. 나는 두 팔을 뻗어 벽면에 달라붙은 다음 맨발을 허우적거리며 디딜 곳을 찾는다. 암벽을 타고 올라 통로로 들어왔을 때 흠뻑 젖은 비옷 상의 안쪽에서 딱딱한 손전등이 느껴진다.

내 뒤에서는 물이 여전히 웅덩이로 쏟아지고 있다.

내 앞 통로는 어두컴컴하고 끝이 없어 보인다.

나는 다시 웅덩이 쪽으로 돌아서 토저 옆에 무릎을 꿇는다. 그는 여전히 액셀만 선생을 단단히 붙잡고 있다.

"네가 한쪽 팔을 잡아."

그가 말한다.

내가 그렇게 하자 그가 움켜잡은 한쪽 손을 다른 쪽으로 옮긴다.

"반동을 주는 것처럼 그를 위아래로 움직이다가 내가 잡아당기라고 말하면 잽싸게 끌어 올리는 거야, 알겠지?"

그리고 숫자를 세기 시작한다.

"하나…둘…셋…."

우리는 통로 밖으로 몸을 내밀고 숫자를 셀 때마다 액셀만 선생을 붙잡고 물속으로 살짝 낮췄다 물의 힘을 빌어 다시 끌어 올린다.

"당겨!"

둘 다 헉 하고 숨을 멈춘 채 액셀만 선생을 힘껏 끌어당긴다. 그의 몸이 절반쯤 수면 위로 올라오자 잽싸게 그의 상체를 통로 가장자리에 걸쳐놓는다.

그러자 그가 신음을 낸다.

토저가 깜짝 놀라 액셀만 선생을 내려다본다. 죽은 것처럼 가면을 쓰고 있는 그 얼굴을.

"좋아, 한 번 더!"

토저가 숨을 크게 들이쉰다.

"하나…둘…."

아마도 액셀만 선생의 뇌가 반응한 건 차가운 물 때문이었을 것이다. 하긴, 그걸 누가 알겠는가? 아무튼 그 순간 액셀만 선생은 다시 신음을 내며 고개를 쳐든다.

그리고 그의 눈이 살짝 떠진다.

살짝 정신을 차린 액셀만 선생이 머릿속으로 지금 무슨 일이 벌어진 건지 이해하려 애쓰는 동안, 그의 눈빛에 불안과 의문이 서린다. 그리고 토저를 올려다본다.

그때, 나는 토저의 움켜잡은 손이 느슨해지는 걸 느낀다.

17

액셀만 선생이 다시 수면 쪽으로 미끄러져 내려가기 시작한다. 그의 무게가 내 팔을 끌어당긴다.

가라앉아, 액셀만, 가라앉아! 토저는 액셀만이 물에 빠지도록 내 버려둘 거야!

"안 돼, 토쉬!"
"…셋!"
토저가 힘껏 소리친다.

토저는 그가 물에 빠지도록 내버려둘 수 있었어. 하지만 결코 그

러지 않았어.

액셀만 선생이 아래로 미끄러진 건 토저 탓이 아니었다. 토저가 선생의 흠뻑 젖은 상의를 더 꽉 틀어쥐려고 잠시 손을 내려뜨렸던 것이다. 이제 그는 혼신의 힘을 다해 그를 당기고 또 당기고 있다.

나도 그를 따라 내가 맡은 쪽을 열심히 당긴다. 그러나 토저의 힘이 월등하다. 안간힘을 쓰느라 그의 얼굴 근육이 팽팽하게 당겨져 있다. 마침내 액셀만 선생의 몸 전체가 통로 속으로 끌어 올려진다. 이제 액셀만은 우리 둘 사이에 누워 있다. 몸을 벌벌 떨면서 신음을 낸다. 하지만 움직이려 하지 않는다.

물은 웅덩이를 향해 여전히 폭포처럼 쏟아져 내리고 있다. 욕조 바닥에 붙어 있는 물마개가 열린 것처럼, 물은 위로 올라올 때마다 수면에 닿는 뭔가를 아래로 쓸어가버린다.

"내 노트."

내가 말한다. 혼잣말이다.

"뭐라고?"

토저가 묻는다.

"아무것도 아냐. 그냥 노트 생각이 나서. 그게 이 배낭 속에 있거든."

토저가 그걸 빤히 쳐다본다. 그리고 나를 본다.

"그렇구나."

그뿐이다.

그러고는 몸을 숙여 액셀만 선생의 귀에다 얼굴을 바싹 대고 소리친다.

"이제 일어나세요!"

액셀만 선생은 꼼짝도 하지 않는다. 그의 가슴만이 오르락내리락할 뿐이다.

또다시 토저가 소리친다. 온 힘을 다해.

"어서 일어나시라고요! 제 말 들리세요? 빨리 일어나셔야 해요! 우린 지금 빠져나가야 한다고요!"

토저의 목소리가 사라지자 일말의 생존 본능이 액셀만 선생을 몰아가기 시작한다. 선생은 신음하더니 몸을 반쯤 일으키려고 시도한다. 그러나 힘에 부쳐 실패하고 만다. 다시 한 번 시도하자 토저가 액셀만 선생의 팔을 제 어깨에 얹고 부상병을 부축하듯 일으켜 세운다.

"이제 됐어."

토저가 내게 말한다.

나는 얼른 상의 안쪽에서 손전등을 꺼내 어두운 통로 쪽을 비춘다. 바닥은 젖어 미끄럽고 벽은 물기로 번들거린다.

다른 출구가 나타날 조짐은 전혀 보이지 않는다. 우리가 할 수 있는 건 그저 앞으로 가는 것뿐이다. 나는 손전등으로 통로 앞쪽과 벽 주위를 이리저리 비추며 조심스레 나아간다. 통로의 높이는 충분하지만 폭이 너무 좁아서 도저히 토저와 함께 선생을 부축할수가 없다. 나는 두 사람이 뒤에서 잘 따라오고 있는지 확인하려고 슬쩍 돌아본다. 액셀만 선생이 눈을 떴다 감았다 하는 걸 보니반쯤은 의식을 회복한 듯하다.

약 30미터쯤 나아갔을 때 갑자기 통로가 아래로 처진다. 가파르진 않지만 내리막인 건 확실하다.

"아래로는 안 돼. 내려가면 안 돼."

액셀만 선생이다. 마치 술 취한 사람처럼 웅얼거린다.

"그럼 다시 돌아가잔 말이에요?"

토저가 쏘아붙인다.

액셀만 선생은 마음속으로 내가 떠올리고 있는 광경과 똑같은것을 그려보고 있을 것이다. 항아리 속에서 점점 차올라 곧 밖으로 흘러넘치려 하는 물처럼, 저 웅덩이 속에서 이 통로 구멍을 향해 점점 차오르고 있는 물의 모습을. 혹은 토저의 말이 그의 귀에전혀 들리지 않았는지도 모른다. 어쨌든, 이전과 달리 그는 자기생각을 고집하지 않는다. 단지 토저에게 몸을 내맡긴 채 그가 이끄는 대로 따를 뿐이다.

내리막은 계속 이어지고 있다. 이제 통로 천장은 더 낮아졌다.나는 몸을 웅크린 채 앞으로 나아가고 있다.

대체 우리는 어디에 들어와 있는 거야? 여기는 대체 어떤 구조로 되

어 있는 거지?

다양한 수학 도형들이 빠르게 내 머릿속을 들락거린다.

튜브? 원뿔? 맙소사, 어쨌든 원뿔은 아니어야 해!

내 뒤에서 토저와 액셀만 선생의 소리가 들려온다. 토저는 힘들어 헐떡거리고, 액셀만 선생은 고통스러워 기이하게 흐느끼고 있다.

이들 뒤로, 우리가 방금 떠나온 웅덩이로 폭포처럼 쏟아져 내리는 물소리가 들려온다. 북을 치듯, 천둥 치듯, 요란한 소리가 통로를 따라 울려 퍼진다. 우리가 지금 숨바꼭질 중인 양, 물이 우리한테 곧 쫓아갈 테니 꼭꼭 숨으라고 경고하는 듯하다.

앞쪽으로, 천장은 더 낮아지고 폭은 더 좁아지고 있다. 나는 걸음을 멈추고 손전등으로 통로를 비추며 무릎을 꿇고 아래로 내려간다. 통로라 부르기엔 너무 커다랗다. 이것은 터널이다. 딱 병의 기다란 목처럼 생긴 터널.

토저와 액셀만 선생이 내 뒤에서 걸음을 멈춘다. 액셀만 선생의 헉헉거리는 가쁜 숨소리가 들린다.

"왜 그래, 뭔데?"

토저가 묻는다.

"잠깐만, 지금 살펴보는 중이야."

나는 손전등을 앞으로 내민 채 기어나간다. 앞으로 죽 뻗어 있
는 구간은 평평해 보인다. 하지만 좁아지기 시작한다면 더 이상
출구는 없을 것 같다.

앞으로 가면서 발걸음을 세어 얼마나 왔는지 가늠해본다. 정확
히 10미터.

갑자기 터널이 막다른 골목에 이른 것처럼 보인다. 손전등 불빛
으로 앞 벽을 비춰보고서야 이 터널이 구부러져 있음을, 내가 지
금 코너를 돌고 있음을 깨닫는다. 여전히 무릎걸음으로 길을 따라
돌다가 다시 곧게 뻗은 통로가 나타나자 뒤로 물러선다. 내 상상
인가? 아니면 정말 폭이 넓어진 건가? 천장도 더 높아진 것 같다.

갑자기 일어설 수 있게 되었다. 불과 몇 미터 사이에 기던 자세
에서 쪼그린 자세로, 쪼그린 자세에서 무릎을 약간 굽힌 채 설 수
있게 되었다.

그렇게 이 구부러진 병목을 빠져나오자 방 같은 공간이 나온다.
길고 깊다. 손전등으로 주위를 비춰 보기도 전에 토저의 목소리가
통로를 타고 들려온다.

"다니엘, 거기 있니? 내 목소리 들려?"

나는 무릎을 꿇고 큰 소리로 답한다.

"응, 들려. 지금 막 통로를 빠져나왔어."

토저의 목소리가 다시 흘러나온다.

"괜찮아?"

"응, 괜찮아. 거기서 그렇게 멀지 않아."

난 이 거리를 어떻게 설명할까 생각하다 미터로 말하는 대신 이렇게 외친다.

"네 걸음으로 약 30초쯤 걸릴 거야. 내가 여기서 그쪽으로 불빛을 비출게. 그런데 이 길은 중간에 약간 구부러져 있어. 잠깐 동안 불빛이 안 보일지도 몰라."

나는 기다린다. 그리고 귀를 기울인다.

희미하게 토저가 액셀만 선생에게 말하는 소리가 들린다.

"먼저 가세요. 제가 뒤따라갈게요."

그러자 액셀만 선생이 여전히 몽롱한 목소리로 말한다.

"안 돼. 난 갈 수 없어."

"할 수 있어요. 다니엘이 저 끝에서 기다리고 있을 거예요. 불빛을 찾아가세요."

"아냐, 난 못 해."

"할 수 있다니까요, 선생님."

그러고는 두 사람의 목소리가 사라진다. 대신 낮은 숨소리와 천천히 바닥을 기는 소리가 들린다. 내 쪽으로 가까워질수록 소리도 점점 커진다.

그러다 통로가 굽어지는 곳에 이르자 갑자기 액셀만 선생이 공포 어린 비명을 지른다. 길이 막혔다고 생각한 것이다.

"돌아가! 다시 돌아가야 해!"

"아뇨, 계속 가세요! 계속 불빛을 향해 가시면 돼요."

"불빛이 어디 있다고 그래? 아무것도 안 보이는데!"

"있어요. 저기 다니엘이 있다고요. 그러니까 계속 가세요."

토저의 목소리가 쇠처럼 몹시 단호하게 들린다.

나는 손전등을 양쪽으로 마구 흔든다. 마침내 액셀만 선생의 머리가 보인다. 그가 통로를 돌고 있는 모습이 보이고, 그 뒤로 토저의 말소리가 다시 들린다.

"계속 가세요."

잠시 후 나를 향해 기어오고 있는 액셀만 선생이 보인다. 이젠 몸을 펼 수 있는 공간이 있는데도 여전히 기어오고 있다. 그는 몸을 떨고 신음하며 무릎을 꿇은 채 토저가 뒤따라올 때까지 기다린다. 그리고 그가 다가오자 그의 부축을 받아 일어선다.

"얼마나 걸렸어?"

토저가 묻는다.

나는 계속 다른 걸 궁금해하고 있었다. 왜 물소리가 변한 것 같지? 전보다 더 낮게 으르렁거리면서 떨어진다. 마치 항아리에 물이 거의 다 찬 것처럼.

"오래 안 걸렸어."

토저가 내 어깨 너머를 본다. 뒤에 뭐가 있는지 살피는 것이다.

"이제 어느 쪽이 맞는지 잘 맞춰야 할 것 같은데?"

손전등 불빛 속에서 그는 내가 보지 못한 걸 봤다. 이 방에서 밖으로 나가는 통로는 하나가 아닌 둘이었다.

하나는 옆으로 나 있고, 또 하나는 우리 앞으로 곧게 뻗어 있다. 다른 통로보다 좀 더 넓고 높다.

"저쪽이야."

액셀만 선생이 중얼거린다. 그는 앞으로 곧게 뻗어 있는 통로 쪽으로 발을 끌며 부축하고 있는 토저를 함께 끌고 가려고 한다.

내가 앞으로 나서서 손전등으로 그 길을 비춘다. 불빛이 몇 미터 앞을 환히 밝히자 바닥이 오르막이라는 게 드러난다.

"저쪽이야…"

액셀만 선생이 힘겹게 헉헉거리며 다시 말한다.

"올라가자."

다시 토저를 그쪽으로 끌고 가려고 한다.

"네 생각은 어때?"

토저가 날 보며 묻는다.

"잘 모르겠어."

나는 불빛을 다시 그 통로 쪽으로 비춘다. 벽들은 물기로 번들거리고 바닥도 마찬가지다. 하지만 그 주위엔 뭔가가 있다. 내 머리가 붙들고 씨름하고 있지만 정확히 꼬집어낼 수 없는 그 무엇이.

"저 위로…"

액셀만 선생의 목소리가 목구멍 깊은 데서 나오다 막힌다.

"…저 위로 끝까지 올라가."

"잠깐만요."

나는 돌아서 다른 통로로, 방 옆쪽에 나 있는 작은 통로로 몇 걸음 나아가 손전등으로 그 안을 비춰본다. 여기도 마찬가지다. 벽도 바닥도 모두 젖어 있다. 다만 앞의 것과 달리 내리막길 통로가 토끼굴을 향해 더 멀리 더 깊이 이어져 있다.

내 머리는 여전히 씨름 중이다. 여전히 그 뭔가의 정체를 밝히려고 애쓰고 있다.

"물이 몰려오고 있어!"

액셀만 선생의 공포에 질린 비명에 놀라 내가 홱 돌아본다. 물이 비좁은 터널을 빠져나와 우리가 있는 방으로 흘러들고 있다. 드디어 항아리가 넘친 것이다.

몇 분 내로 이 물은 우릴 제치고 앞서 나갈 것이다.

다니엘, 에보 다운에서 내려온 물은 네가 지금껏 본 적 없는 무시무시한 힘을 지닌 채 동굴 속으로 들이닥칠 거야. 물은, 특히 성난 물은 제 평형이 어딘지를 알고 있고, 그 길을 방해하는 어떤 것도 남겨두지 않지.

"야, 빨리!"

마음속에 차오르는 공포를 숨기려고 애쓰며 토저가 말한다.

"어느 쪽이야? 어느 쪽이냐고!"

"위로!"

액셀만 선생이 자신을 부축하고 있는 토저의 팔을 힘껏 끌며 소리친다. 그의 몽롱한 두뇌가 그에게 자신의 힘없는 두 다리로는 올라갈 수 없는 오르막을 선택하라고 지시하고 있는 것이다.

그럼 내 두뇌는 내게 뭘 지시하고 있지? 없다. 아무것도. 난 움직일 수 없다.

내가 꼼짝 않고 서 있는 동안 물은 한층 빠르게 터널에서 쏟아져 들어오고 있다. 로니의 말만 머릿속을 맴돌 뿐이다.

특히 성난 물은 제 평형이 어딘지를 알고 있고, 그 길을 방해하는 어떤 것도 남겨두지 않지.

물은 무서운 전염병처럼 우리가 있는 방 구석구석으로 퍼지고 있다. 점점 더 빠르게 쏟아져 들어와 소용돌이치며 그 마수를 양쪽 통로로 뻗치고 있다.

물줄기가 내 옆에 나 있는 작은 통로로 흘러드는 게 보인다. 거품을 내며 미끄러져 들어간다.

토저와 액셀만 선생은 앞에 곧게 뻗은 통로로 뛰어들 채비를 한다. 마치 밀물이 올라오는 해변가에 서 있는 것 같다. 물은 그들의 발 주위에서 소용돌이치며 튀어 오르다 다시 미끄러져 내려온다.

그러다 뒤따라 오르려는 물과 부딪혀 사방에 물보라를 튀겨댄다.

"어느 쪽이야? 다니엘!"

물이란, 특히 성난 물은 제 평형이 어딘지를 알고….

그 순간, 답이 떠오른다. 정말 고맙게도 괴짜 같은, 아니 경이로운 내 두뇌가 마침내 답을 준 것이다.

"이쪽이야!"

옆에 있는 작은 통로를 가리키며 내가 소리친다. 물은 이제 한층 더 빨리 쫓아오고 있다.

토저는 나를 향해 오려고 한다. 그러자 액셀만 선생이 그를 잡아당긴다.

"안…돼….."

어눌한 발음으로 그가 말린다.

"안 돼, 이쪽이야. 위로 가….."

토저는 잘 모르겠다는 듯 나를 빤히 쳐다본다. 나는 첨벙거리며 그에게 달려가 손전등으로 액셀만 선생이 들어가려고 하는 통로 속을 비춘다. 오르막을 따라 물이 솟구쳐 오르고 있고 우리가 지켜보는 동안 이것은 다시 더 높은 지점에 도달한다. 하지만 그 위에서 내려오는 물은 없다. 제 평형을 찾기 위해 내려오려고 애쓰는 물은 없다.

"비를 생각해봐, 토쉬. 빗방울은 에보 다운에서부터 흘러내려. 만일 이쪽이 출구라면 저 위에서 아래로 내려오는 물이 있을 거야. 하지만 여긴 없잖아!"

토저가 동작을 멈추고 잠깐 살핀다. 그리고 액셀만 선생에게 말한다.

"다니엘이 말한 길로 가요."

"안 돼!"

액셀만 선생이 토저의 팔을 거칠게 끌어당긴다. 공포가 그에게 새 힘을 불어넣은 듯하다.

"위로 가야 해! 그 애가 틀렸어. 틀렸단 말이야! 우린 위로 가야 한다고."

토저는 그를 막으려고 안간힘을 쓴다.

"넌 날 부축해야 해! 도와줘, 원숭이. 날 저 위로 데려가 달란 말이야!"

그때다.

따귀 소리가 주위에 울려 퍼진다.

토저가 그를 후려쳤다. 아주 세게, 손바닥으로, 액셀만 선생의 뺨을!

액셀만 선생이 토저를 쳐다본다. 어리벙벙한 표정으로, 도저히 믿을 수 없다는 듯. 그의 입술이 달싹거리지만 아무 말도 나오지 않는다.

"난 그 애를 믿어요. 선생님도 그 애를 믿잖아요."

토저가 이렇게 말하자 액셀만 선생의 기세가 풀썩 꺾인다. 꺼져버린 손전등 불빛처럼 그의 눈빛이 희미해진다. 몸을 떨며 그가 토저 쪽으로 푹 쓰러진다. 토저가 내 뒤를 따라 옆 통로로 그를 부축해 가는 동안 그는 아무 저항도 하지 않는다.

가는 길은 만만치 않다. 바닥이 움푹움푹 패여 있고 바퀴 자국들도 나 있다. 우리는 비틀거리며 다리 뒤쪽에서 물이 몰려오는 걸 느끼고, 이것이 우릴 지나쳐 질주하는 걸 지켜보며 앞으로 나아간다.

아무 말도 오가지 않는다. 나는 조심스레 나아가며, 뒤따라오는 두 사람이 통로의 굴곡과 모퉁이를 좀 더 잘 볼 수 있도록 손전등으로 전방을 비춘다.

뒤에서 토저의 목소리가 들린다. 단호하고 확신에 찬 목소리다. 액셀만 선생이 잘 따라오도록 도와주고 있다.

"1시 방향… 12시 방향… 다시 2시 방향…."

점점 더 많은 물이 우리가 방금 떠나온 방으로 몰려드는지 으르렁거리는 물소리가 더욱 요란해진다. 이윽고 우릴 추격하기 시작한다.

수위도 점점 높아져 이젠 무릎까지 다다른다. 움푹 꺼진 구멍으로 몰려 내려갔다가 다시 밖으로 솟아오르며 수위가 한층 더 높아진다. 손전등 불빛 속에서 앞으로 보이는 벽들이 번쩍거린다. 물보라가 벽을 향해 뛰어 올랐다가 다시 제 길을 따라 흘러내린다.

아래로… 우린 여전히 아래로 내려가고 있다.

갑자기 액셀만 선생이 푹 쓰러진다. 나는 걸음을 멈추고 토저를 돕는다. 토저는 액셀만 선생을 다시 일으켜 세우려고 몸부림치고 액셀만 선생은 정신을 놓아버린 듯 멍하다.

우리는 계속 나아간다. 이제 내가 액셀만 선생의 한 팔을 어깨에 둘러멘다. 그의 다리는 움직이고 있지만 자신의 몸무게를 지탱하지 못한다. 우리는 거의 그를 실어 나르고 있다. 토저가 어떻게 그를 여기까지 혼자서 데려왔는지 정말 모를 일이다. 토저는 완전히 기진맥진한 표정이다.

또다시 모퉁이를 돈다. 물은 죽음의 벽*처럼 통로 양 측면으로 솟구쳐 올랐다가 우리를 거세게 후려치며 앞으로 돌진한다.

요란한 소음이 끊이질 않는다. 그 소리가 암벽을 치고 내려와 우리 주위를 맴돌며 귀마저 먹먹하게 만든다.

그런데 왜 점점 더 조용해지는 것 같지?

여전히 통로를 따라 걷고 있다. 또 다른 모퉁이가 나온다. 물살이 뒤에서 우리를 후려치자 액셀만 선생이 휘청거리며 토저 쪽으

---

* 커다란 원통의 안쪽 벽을 오토바이로 달리는 경기.

로 기운다.

옆에서 토저의 고통스러운 외침이 들린다.

나는 손전등 불빛 속에서 급류가 들끓듯 솟구치며 내달리는 걸 지켜본다. 그리고 앞으로 내달려 사라지는 걸 지켜본다.

마치 면도날로 도려낸 것처럼 물줄기가 사라지는 모습을!

그제야 나는 토저의 외침이 고통 때문이 아니었음을, 기쁨의 외침이었음을 깨닫는다.

물이 통로 끝으로 떨어지고 있었다.

드디어 물이 제 평형을 찾은 것이다.

그리고 그 위로 푸른 띠를 드리운 하늘이 보였다.

18

"좀 어떠세요?"

로니는 여느 때처럼 나를 힐끗 쳐다본 뒤 바깥의 호수를 내다본다.

"액셀만 선생 말이니? 몸 상태는 그리 나쁘지 않아. 몇 군데 멍이 들고 타박상을 입은 것뿐이니까. 하지만 뇌진탕이 꽤 심각해. 최소한 하루는 이곳에 더 있어야 할 거야. 유감스럽게도 그와 같은 버스를 타고 돌아가긴 어렵겠구나."

로니가 다시 나를 돌아본다.

"넌 어때, 다니엘? 괜찮니?"

"네, 좋아요."

내가 로니 쪽을 돌아보며 대답한다.

더 이상 아무 말도 필요 없다는 듯 고개를 끄덕인다. 하지만 내가 말하고 싶다면 그러라는 듯 기다린다.

이번엔 내가 호수를 바라본다. 에보 다운 위로 펼쳐진 새파란 하늘과 솜털구름이 한없이 여유롭다. 어제의 폭풍우로 지친 몸을 돌보고 있는 듯하다. 물줄기가 여전히 호숫가를 향해 졸졸 흘러내리고 태양이 그 물방울을 비출 때마다 검은 석회암 벽들이 점멸 신호등처럼 반짝거린다.

우리가 어디로 빠져나온 건지 알 것 같다. 하지만 확실하진 않다. 벌써 그 기억들이 흐려지고 있다….

통로에서 물살을 헤치며 걷다가 하늘의 파란 띠를 보고 마지막 몇 걸음부터 뛰기 시작했다. 다행히 콸콸 흘러내리는 물살에 휩쓸려 쓰러지지 않고 밖으로 나와 발을 디딜 만한 바위를 찾아냈다. 저 멀리 제방을 보고 나서야 겨우 위치를 가늠할 수 있었다.

토저를, 그토록 기진맥진한 토저를 덜덜 떠는 액셀만 선생 옆에 남겨둔 채, 나는 호숫가에서 길을 찾아 마침내 경보를 울렸다.

사이렌 소리, 구급차, 소독약 냄새가 배어 있는 더 많은 통로들, 의사들과 간호사들, 질문들, 각종 검사들, 병원 침대와 바싹 마른 시트의 촉감.

아, 얼마나 뽀송뽀송하던지!

레드로우 선생은 우리를 따라 병실로 들어왔다. 내가 침대에 누워 있을 때, 누군가 전화기를 써도 되겠냐고 묻는 소리가 들렸다.

나는 누군가 "안녕하세요, 에드워즈 씨…"라고 말하는 걸 듣고서 정신을 차렸다.

아버지다. 레드로우 선생이 아버지와 통화하는 소리가 드문드문 들린다.

"오리엔티어링 활동을… 길을 잘못 들어서… 지하에 갇혔고… 세 사람이….'"

나는 레드로우 선생의 달라진 말투를 듣자마자—만일 그가 수업 중에 이런 말투를 쓴다면 단번에 놀라운 효과가 나타날 것이다—그 내용을 짐작했다.

"에드워즈 씨. 이해가 안 되실 줄 압니다만, 다니엘과 나머지 한 학생이 없었더라면….'"

아쉽게도 그는 이 대목에서 목소리를 낮췄다. 그래서 통화 내내 그의 낯선 교사 말투를 제외하고는 아무것도 듣지 못했다.

이윽고 주위가 조용해진다. 나는 그가 전화를 끊었다고 생각했다. 그런데 아니었다. 내가 아는 건 곧이어 레드로우 선생이 내게 수화기를 건넸다는 사실뿐이다.

"아버지셔. 그간의 일은 내가 대충 말씀드렸어."

수화기를 받아 든다. 레드로우 선생이 발끝으로 걸어 나가자 중얼거리듯 말한다.

"여보세요?"

"대니냐? 대니, 아빠야. 괜찮니?"

"네, 괜찮아요."

"너희 선생님… 레드루스, 맞니?"

"레드로우요."

"아, 레드로우. 그 선생님이 말해주더구나, 거기서 무슨 일이 있었는지. 우리가 가서 널 데려오겠다고 말씀드렸다. 엄마가 돌아오는 대로 바로 출발할 거야. 알다시피, 엄마가 지금 밖에 나가 있거든. 하지만 선생님 말로는 어쨌든 오늘 밤은 병원에서 보내는 게 좋겠다고 하시더구나. 내일쯤 퇴원하면 될 거라고… 그런데, 정말 괜찮겠니? 최대한 빨리 차를 몰면 두 시간쯤 후엔 도착할 수 있을 텐데."

"정말 괜찮아요. 전 지금 아주 좋아요."

잠시 수화기 너머가 조용해진다. 아버지가 다시 말한다.

"내가 잠시 오해를 했었다. 그 모든 일들이 전부 다 너의…"

그는 말을 끝맺지 못한다. 이제 막 대화를 시작한 양, 갑자기 다른 말을 꺼냈다가 얼버무리고 다시 다른 말을 꺼낸다.

"아무튼 내가 늘 이렇다니까. 레드로우 선생님 말로는 네가 없었다면 그 액셀만 선생이라는 분은 무사하지 못했을 거라던데."

"저 혼자가 아니라 둘이었어요."

"알아. 하지만…"

아버지는 처음으로 할 말이 바닥난 듯했다.

"그래… 그럼 내일 보자. 엄마랑 같이 버스가 오길 기다리고 있으마. 괜찮지?"

"네. 그때 뵐게요."

다시 조용해진다. 아버지가 전화를 끊었다고 생각했다. 그러나 내가 막 수화기를 내려놓으려는 순간 아버지는 덧붙인다.

"다니엘?"

"네?"

"사랑한다, 얘야."

그 말을 끝으로 통화가 끊겼다. '뚜—뚜' 소리가 그 두 마디를 어찌나 빨리 덮어버렸던지 호수를 건너다보고 있는 지금, 내가 정말 어젯밤에 그 말을 들었는지 의심스러울 지경이다. 나무들 사이로 버스의 낮은 경적 소리가 들린다.

옆에서 로니가 말한다.

"이제 가야 할 시간이로구나."

나는 일어나지 않는다. 시간이 지나도 희미해지지 않는 기억이 있다. 병실에서 눈을 감을 때마다 선명하게 떠오르던 기억. 토저가 액셀만 선생의 뺨을 때렸을 때 그 얼굴에 떠올랐던 그 표정.

"액셀만 선생님은… 몸 상태는 괜찮다고 하셨잖아요, 그럼, 다른 데는… 어때요?"

"정신 말이니? 글쎄, 잘 모르겠다. 어제 보니 동굴에서 자신에 대한 몇 가지를 새로 깨달은 것 같더구나."

"우리도 그랬어요."

"그야 물론이지. 그런데 너와 토저는 자신의 좋은 점들을 깨달았지. 하지만 액셀만 선생은 아니야. 그는 자신에게서 달갑지 않은 단점들을 발견했거든. 아마도 그건 시퍼런 멍보다 훨씬 더 오래갈 거야."

버스가 또다시 큰 경적을 울리자 나는 마지막으로 호수를 한 번 더 바라본 뒤 고개를 돌렸다. 로니가 나지막이 휘파람을 불며 나와 함께 걸었다.

그에게 물어봐. 알고 싶잖아. 네가 물어볼 거라는 걸 난 알아. 어서 물어봐.

"로니. 뭐 좀 물어봐도 돼요? 개인적인 건데."

"물론이지. 혹시 대답하고 싶지 않은 거라면, 그냥 너한테 저 호수로 뛰어들라고 말해버리면 되니까."

로니는 회심의 미소를 짓는다.

그렇게 웃고 있을 때면 뭐든 물어볼 수 있을 것만 같다.

더욱이 내가 궁금한 건 그리 대단한 것도 아니다.

"선생님은 왜 '로니'라고 불리는 걸 좋아하세요?"

로니가 내 쪽을 흘깃 쳐다봤다는 게 온몸으로 느껴진다.

"전에 말해줬을 텐데. 우리 어머니가 날 그렇게 불렀기 때문이지. 그게 전부야."

"정말 그뿐인가요?"

그가 걸음을 멈춘다. 그리고 돌아서서 제방과 호수의 물을 가리킨다.

"나는 늘 저 아래서 혼자 시간을 보냈어. 수영도 하고 물고기도 잡고, 또 가끔은 그냥 여러 모양의 돌들을 손에 올려놓고 툭툭 던져보기도 하면서. 그때마다 우리 어머니께서 내게 이런 말씀을 해주셨지. '로니야, 물을 지켜보고 있으면 혼자서도 늘 행복할 거란다. 혼자서도 괜찮을 거란다'라고."

그가 내 어깨에 한 손을 올린다.

"이해되니?"

"네. 이해돼요."

"그럴 줄 알았어."

그가 다시 걷기 시작한다.

"어서 가자. 다들 널 기다리고 있을 거다."

•

내가 버스에 오르자 한순간 주위가 조용해진다.

나는 주위를 돌아본다. 그렉 인들과 플릭 해리스는 올 때와 마찬가지로 뒤쪽에 앉아 있다. 둘 중 누구도 고개를 들지 않는다. 사고의 진상을 밝히기 위한 간단한 조사에서 그렉은 자신의 잘못을 부인했다.

"고의가 아니었어요. 순전히 실수였어요. 무슨 일이 일어났다는 걸 직감적으로 알았지요. 그렇지, 플릭?"

내가 올 때 앉았던 자리는 여전히 텅 비어 있다. 나는 그 자리로 스윽 들어간다.

레드로우 선생은 버스 기사가 마지막 짐 가방을 싣는 모습을 지켜보고 있다. 로멕스 선생이 펜을 찾기 위해 주머니를 더듬거리며 급히 계단을 올라온다. 마침내 펜을 꺼내 출석을 부르기 시작한다.

토저의 이름을 불렀지만 아무 대답이 없다.

"토저? 누구 토저 본 사람 없어?"

"구멍 아래서 말인가요?"

"지금 농담할 때가 아냐."

"잠깐 저 아래 가게에 갔나봐요."

"아, 저기 와요! 역시 토쉬야! 결코 기대를 저버리지 않는다니까, 이번에도 꼴찌잖아!"

토저가 우리를 향해 걸어오고 있다. 손에 갈색 종이 봉지를 꽉 움켜쥔 채 길을 따라 성큼성큼.

그가 계단을 쿵쿵 오르자 우우 야유의 함성이 절정에 달한다.

"여기야, 토쉬, 뒤로 와!"

"어이 친구, 여기 네 자리 남겨놨어!"

토저가 활짝 웃는다. 뒤쪽을 보며 엄지손가락을 치켜든다. 그러나 통로를 따라가다 말고 걸음을 멈춘다. 그리고 내 옆에 털썩 앉는다.

"안녕. 좀 어때?"

나는 그를 본다. 어제 이후, 우리는 전혀 대화를 하지 않았다. 사람들의 질문에만 대답했을 뿐이다.

"좋아. 너는?"

"나도 괜찮은 것 같아. 오늘 아침 병원 밥은 정말 형편없었어, 그치?"

그가 웃는다. 나도 따라 웃는다.

하지만 둘 다 다음에 무슨 말을 해야 할지 알지 못한다.

"액셀만은 계속 병원에 있어야 한대."

잠시 후 그가 말을 꺼낸다.

내가 고개를 끄덕인다.

"로니 말로는 적어도 하루는 더 있어야 한다고 했어. 상태를 더 지켜봐야 한다고."

"아마 뇌 사진을 찍겠지? 뇌진탕이 확실한지 아닌지 알아봐야 할 테니까."

"또 머릿속이 엉망이 되어버린 건 아닌지 확인하기 위해서도."

"응?"

"네가 제대로 한 방 날렸잖아. 아주 세게."

그가 그 기억을 떠올리고는 크게 웃는다.

"맞아. 그랬지. 정말 통쾌했는데."

그러고는 둘 다 침묵을 지킨다. 우리 뒤에서 또 다른 외침들이 마구 쏟아진다.

"토쉬! 여기 있었구나?"

"야, 네 자리가 차가워지고 있잖아."

토저가 통로를 둘러보더니 다시 날 쳐다본다. 그는 자리에 엉거주춤 앉아 있다.

"퇴원하고 나면 우리에 대한 태도도 달라질까? 액셀만 말이야."

토저가 말한다.

"그럴 거야. 그러길 바라야지."

"내가 때린 건 제발 기억 못 했으면 좋겠는데!"

내가 웃자 그가 한마디 더 덧붙인다.

"하긴, 얻어맞을 만했지."

우리는 다시 침묵 속으로 빠져든다. 이번엔 그렉의 목소리가 침묵을 깨트린다. 그의 최고 자리인 널찍한 뒷좌석에서.

"토쉬! 아직 안 올라온 거야?"

이번엔 플릭의 목소리다.

"여기 뒤로 와서 합류하는 게 좋을 텐데."

그리고 다시 그렉이 소리친다. 그는 모두가 다 듣도록 쩌렁쩌렁 소리친다.

"이리 와, 토쉬! 너도 알다시피, 괴짜는 혼자 있는 걸 더 좋아해!"

그때였다, 토저가 통로로 성큼 나가 가운뎃손가락을 치켜든 것은.

"그렇게 부르지 마! 알겠어? 다시는, 절대로, 이 애를 그렇게 부르지 말란 말이야!"

이제 그는 버스 안을 둘러보고 있다. 여전히 가운뎃손가락을 세운 채 나머지 아이들을 노려본다.

"너희들도 다 마찬가지야!"

바깥에서 버스 기사가 짐칸 뚜껑을 쾅 닫는다.

버스 안에 숨죽인 정적이 흐른다.

마침내 그렉 인들이 입을 연다.

"물론이야. …다, 당연히 그래야지, 토쉬."

다시 내 옆에 앉는 토저에게 내가 말한다.

"고마워."

그는 아무 말 없이 고개만 저었다.

그때 로멕스 선생이 마지막 점검을 위해 버스에 오른다.

"다들 제자리에 편히 앉았나? 버스가 출발하면 일어나 돌아다니는 사람이 한 명도 없길 바란다."

"잠깐만요, 선생님. 지금 자리 바꿔도 되죠?"

토저다.

"뒷자리로 가자."

통로 쪽으로 조심스레 나가며 그가 내게 말한다.

"그렉과 플릭 옆으로 가자고."

"뭐?"

그가 어깨를 으쓱한다.

"뒤로 가자고."

"그렇게 당하고서도? 왜?"

"난 저들이 필요하니까."

대답은 간단하다.

그의 입에서 이런 말이 나오다니, 도저히 믿을 수 없다. 난 그가 좀 더 이성적으로 생각하도록 설득하려 애쓴다.

"토쉬, 넌 저들이 필요하지 않아. 저들은 널 이용하고 있을 뿐이야. 넌 그걸 알고 있어. 네 입으로도 말했잖아. 저들은 진짜 친구가 아니라고."

"그래, 나도 알아. 하지만 저 애들은 내 유일한 친구들이야. 이해되니?"

그가 날 내려다보며 활짝 웃는다. 내가 늘 업신여겼던 웃음, 그 뒤에 숨겨진 슬픔을 볼 수 없었기에 늘 바보스럽게만 여겼던 그 웃음이다.

"두뇌는 어떤 면에서 감자 세기하고 비슷한 것 같아. 무엇을 가지고 시작하느냐에 따라 끝나는 지점이 달라지니까, 안 그래?"

그가 두어 걸음 통로를 걸어가더니 다시 돌아와 소중히 안고 있던 갈색 종이 봉투를 내민다.

"이거 받아. 내가 빠트린 신발에 대한 보상이야."

내가 팔을 뻗어 그 봉지를 받아 들자 그가 말한다.

"넌 아무 문제 없어, 다니엘."

그러고는 뒷자리를 향해 가버린다. 다시 환호와 야유가 터져 나온다.

"토쉬!"

"여기야, 토쉬. 이 자리야!"

뒤쪽에서 그렉의 목소리가 들린다.

"악의는 없었어. 너무 언짢게 생각하지 마, 토쉬."

플릭이 끼어든다.

"정말 해칠 의도는 없었어. 장난 같은 거였다고."

"그냥 한바탕 웃자고, 재미 삼아…."

나는 종이 봉투를 열어본다.

안에 공책 하나가 들어 있다.

토저가 내게 공책을 선물한 것이다.

주변에서 다시 아이들의 수다가 시작된다. 나는 자리에 앉는다. 아무 소리도 들리지 않는다. 단지 지난 한 주간의 목소리들만 들릴 뿐이다.

"다니엘, 물은 늘 제 평형을 찾아가는 법이야. 너도 그렇게 해야 해."

"사랑한다, 애야."

"넌 아무 문제 없어, 다니엘."

기사가 시동을 걸자 버스가 크게 흔들린다. 나는 마지막으로 창 밖을 내다본다. 저 멀리 에보 다운 정상이 보인다.

이제 다른 생각들이 내 머릿속으로 몰려와 서로 자리를 차지하려고 다투기 시작한다.

저 산의 높이는 얼마나 될까? 정상에서 떨어지는 물의 속도는 얼마나 될까? 또 물의 양은 얼마나 될까? 이걸 알아낼 만한 공식은 없을까?

나는 토저에게서 받은 새 노트의 첫 페이지를 펼쳐본다.

우리 둘뿐이다

초판 1쇄 발행 2011년 11월 26일
개정판 1쇄 발행 2020년 6월 25일
개정판 3쇄 발행 2022년 3월 7일

지은이 마이클 콜먼
옮긴이 유영
펴낸이 김선식

경영총괄 김은영
콘텐츠사업3팀장 이승환 콘텐츠사업3팀 심아경, 김은하, 김한솔, 김정택
마케팅본부장 권장규 마케팅1팀 최혜령, 오서영
미디어홍보본부장 정명찬 홍보팀 안지혜, 김민정, 오수미, 김은지, 이소영, 박재연
뉴미디어팀 허지호, 임유나, 배한진, 홍수경, 박지수, 송희진
저작권팀 한승빈, 김재원, 이슬 편집관리팀 조세현, 백설희
경영관리본부 하미선, 윤이경, 김재경, 오지영, 박상민, 김소영, 이소희, 최완규, 이지우, 이우철, 김혜진

펴낸곳 다산북스 출판등록 2005년 12월 23일 제313-2005-00277호
주소 경기도 파주시 회동길 490 3층 전화 02-704-1724 팩스 02-703-2219
이메일 dasanbooks@dasanbooks.com 홈페이지 dasan.group 블로그 blog.naver.com/dasan_books
종이 IPP 인쇄·제본 갑우문화사 후가공 제이오엘앤피

ISBN 979-11-306-3022-9 (03840)

다산북스(DASANBOOKS)는 독자 여러분의 책에 관한 아이디어와 원고 투고를 기쁜 마음으로 기다리고 있습니다. 책 출간을 원하는
분은 다산북스 홈페이지 '투고원고'란으로 간단한 개요와 취지, 연락처 등을 보내주세요. 머뭇거리지 말고 문을 두드리세요.